A la orilla del viento...

Para Jim, Jr. y Marty, dos jugadores

Primera edición en inglés: 1991
Primera edición en español: 1996
    Cuarta reimpresión: 2002

Título original: *Taking Sides*

© 1991, Gary Soto
Publicado por Harcourt Brace Jovanovich, San Diego
ISBN 0-15-284076-1

D.R. © 1996, Fondo de Cultura Económica
Av. Picacho Ajusco 227; México, 14200, D.F.
www.fce.com.mx

ISBN 968-16-5023-9
Impreso en México

Gary Soto

ilustraciones de
Felipe Ugalde

traducción de
Ángel Llorente

TOMANDO

PARTIDO

FONDO DE CULTURA
ECONÓ

Capítulo 1

❖ —TONY —susurró Lincoln Mendoza al teléfono—. Es tu amigo Linc.

—¿Linc? Mi amigo se mudó a la parte bonita de la ciudad —respondió Tony Contreras, somnoliento.

Eran las 7:15 del jueves por la mañana. El sol naciente arrojaba una lanza de luz a través de la ventana de la cocina de Lincoln. Su perro, Flaco, yacía quieto bajo los cálidos rayos; sus costillas subían y bajaban lentamente. Su madre estaba en la ducha, cantando con la radio.

—No bromees, *ese*. Jugaremos contra ustedes el próximo martes —dijo Lincoln pasándose el auricular de una mano a otra.

Se oyó un chirrido de resortes. Tony se estaba levantando.

—¿Sabes qué hora es? Es temprano, hombre. Todavía está oscuro.

—No si abres los ojos. Es hora de ver esos libros —dijo Lincoln.

—¿Libros? Sí, con ellos le voy a abrir la cabeza a mi hermanito, el menso. Derramó un refresco en mi cama.

—Déjalo en paz. Es sólo un *punk* —dijo Lincoln y volvió al tema del basquetbol—. Va a ser raro jugar contra el Franklin de verdad.

Lincoln era jugador estrella de basquetbol, alto pero no flaco. Cuando cerraba la mano, en su antebrazo se tensaban los músculos. Su vientre y sus piernas eran puro músculo. Su rostro era moreno, color de café con leche y su cabello negro como el asfalto. La gente decía que era guapo, aunque Lincoln no estaba muy seguro.

Se había mudado desde el distrito Mission de San Francisco, un barrio urbano, a Sycamore, un agradable suburbio con calles arboladas. Su madre se había cansado de descorrer las cortinas para ver *chevys* viejos y *fords* con las defensas torcidas, derramando aceite. Se había cansado del estrépito de los estéreos que llevaban al hombro los *vatos* descamisados; de los taladros que destrozaban la calle temprano por la mañana; del autobús de la ruta 43, que dejaba jirones de humo oscuro revoloteando en el aire húmedo de la ciudad. "Es hora de marcharse", dijo un día al volver a casa del trabajo y encontrar sus macetas volcadas, sus flores pisoteadas y su pequeño departamento victoriano saqueado. El mosquitero de la ventana estaba rajado y el televisor y el estéreo habían desaparecido. En su lugar dejaron un par de latas de cerveza aplastadas y colillas de cigarros.

Así que se habían mudado a una pequeña casa de dos dormitorios con un patio y una morera cuya fruta dejaba salpicaduras violáceas en la acera. Lincoln estaba ahora en segundo de secundaria. La mudanza fue un viaje de quince kilómetros al sur de San Francisco, a un lugar donde las mejores casas se erguían bajo el resplandor de la abundancia y Lincoln se había cambiado de la secundaria Franklin a la secundaria Colón.

—¿Cómo están los *vatos* en la escuela? —preguntó Lincoln.

—Bien.

—¿Están enojados conmigo?

—¿Por qué?

—Tú sabes, por haberme ido. ¿Qué les parece que mi nueva escuela juegue contra ustedes, vatos?

Tony gruñó:

—¿Estás bromeando? Nadie está enojado. Si tuviéramos dinero también nos iríamos.

—Eso es lo que tú crees. Este lugar está muerto. Nadie sale nunca de su casa para ver cómo va el mundo.

—Sí, pero ése es el problema aquí. Nadie se queda en casa. Hay sirenas de policía todas las noches. —Y luego preguntó—: ¿Cómo está Flaco? Me dijo mi mamá que lo atropellaron.

—Flaco se sostiene en tres patas. Está bien. —Lincoln se volvió hacia Flaco, chasqueó los dedos y preguntó—: ¿Estás tranquilo, eh, Flaco?

Flaco levantó la cabeza y miró a Lincoln. Lo había arrollado una moto-cicleta y su pata izquierda era una maraña de vendas. Bajó la cabeza suavemente y volvió a dormitar.

Lincoln y Tony hablaron de la escuela, los amigos, las peleas detrás de la valla, la ex novia de Lincoln, Vicky, y el basquetbol, deporte que ahora jugaban en escuelas distintas.

Lincoln escuchó cerrarse la ducha y descorrerse la cortina.

—Me gustaría jugar con ustedes. Sus uniformes son muy bonitos —dijo Tony—. De todas maneras ustedes son los primeros y nosotros casi los últimos.

—Para mí es al revés —dijo Lincoln—. Preferiría jugar con el Franklin y no con el Colón. Aquí no hay gente morena. En el equipo todos son blancos excepto uno y nuestro entrenador es un tipo desagradable. Está mal de la cabeza.

En el dormitorio empezó a zumbar una secadora de pelo .

—¿Tal vez puedas venir el sábado? —preguntó Tony—. Podemos practicar un poco.

—Yo creo que sí. Pero ahora me tengo que ir. Te busco luego.

Lincoln colgó y vertió en el piso un pequeño montón de comida para perro, incitando a Flaco a arrastrarse hacia sus croquetas. Entonces se sirvió un vaso de leche y tostó un poco de pan, que masticó pensativamente mientras miraba fotografías de Egipto en su libro de geografía.

Admiraba la Esfinge, eterna bajo el ardiente sol, y se maravillaba del Nilo, un río oscuro que parecía oponerse a la gravedad fluyendo hacia el Norte. Miró de cerca al jinete de un camello que sonreía a la cámara. Sus dientes estaban podridos y su rostro arrugado por trabajar bajo el sol.

Cerró el libro cuando su madre entró a la cocina con la cara encendida por la ducha caliente. Se frotaba loción en las manos.

—*Mi'jo*, tienes que comer algo más que pan tostado —dijo, ajustándose más la bata—. ¿Quieres un huevo?

—No tengo hambre —dijo él—. Jugamos contra el Franklin el próximo martes. ¿Puedes ir?

—Voy a ver. —Se preparó una taza de café, se reunió con Lincoln en la mesa, y abrió su agenda lustrosa. —Puede que llegue tarde ese día —dijo ella, garabateando una nota para sí misma—. No sé, *mi'jo*.

—Estás trabajando duro, ¿eh, *ma*?

—Sí, estoy trabajando como loca.

Su madre era diseñadora gráfica y durante diez años había trabajado para una firma publicitaria en San Francisco. Ahora era independiente. Había empezado un negocio; al principio lo había llamado como ella: *Gráficos Beatrice Mendoza*. Más tarde, decidió llamarlo *Gráficos En-la-Línea*, un nombre de más gusto. Las cuentas del negocio, fuertes desde el principio, mejoraron, con seis clientes de Silicon Valley, un emporio en cuestiones de computación.

—¡Vamos, mama! —suplicó él—. Sólo por esta vez. Jugamos contra el Franklin.

—Límpiate la boca. Tienes leche alrededor —dijo ella. Cerró su agenda, bebió de su taza de café y dijo que trataría, pero que no podía prometerlo.

Lincoln se limpió la boca con el dorso de la mano. Se levantó de la silla y llamó a Flaco, que fue irguiéndose despacio meneando la cola. Salieron al jardín. El sol se filtraba a través del eucalipto del vecino, cuya punta balanceaba un viento suave. Una hoja revoloteaba por el césped y Lincoln la recogió para olerla. Le gustaba el aroma y la tronzó en su mano.

Observó a los vecinos, la mayoría vestidos de traje, salir a sus trabajos en BMW, *saabs* y *volvos* con sus hijos e hijas de escuelas privadas en los asientos traseros. Lincoln y un amigo del equipo de basquetbol eran los únicos de la manzana que iban a la secundaria pública Colón. Pensó en saludar con la mano hacia uno de los coches que pasaban, pero sólo se quedó mirando y pateó la grava a sus pies.

Cuando llegó al nuevo vecindario, a Lincoln le había gustado la tranquilidad de los aspersores siseando en los prados verdes y los sicomoros que se alineaban en la calle. Le habían gustado las salpicaduras de flores y la leña pulcramente apilada; los setos donde los grajos construían nidos raquíticos y reñían cuando los gatos se deslizaban demasiado cerca. La gente parecía distante, pero eso no le importaba. Era preferible a los ruidosos autos que corrían en uno y otro sentido por su antigua cuadra. Mejor que las calles descuidadas y los muros cubiertos con graffitis como *"Con safos"* y *"F-14."*

Ahora, tres meses después, Lincoln lo veía de otra manera. Extrañaba su vieja escuela y el mural donde aparecían muchachos morenos, negros y amarillos enlazando los brazos en actitud amistosa. Le gustaba la secundaria Franklin, aunque fuera dura, con sus peleas en los pasillos y su cafetería estruendosa. Le gustaba caminar entre rostros morenos y estar con los muchachos vietnamitas y coreanos. Extrañaba a sus amigos, en especial al más cercano, Tony Contreras, a quien conocía desde siempre, aun antes del primer grado de primaria, cuando Tony por accidente le había tumbado a Lincoln un diente de leche al deslizarse en una resbaladilla. Y extrañaba a Vicky. Habían terminado mal, pero Lincoln sentía que si pudiese hablar con ella todo se compondría.

Tres semanas antes, había jugado contra su antigua escuela en un partido fuera de liga, había anotado doce puntos, hecho cinco rebotes y tres pases para anotación. El Colón había batido al Franklin, y él se sintió mal por su antigua escuela. Resintió que la mayoría de los chicos del Franklin llevaran zapatos deportivos baratos, mientras que los del Colón hacían rechinar la cancha con sus *Air Jordans*. "No es justo", pensó, "Pero, ¿ qué puedo hacer?"

Lincoln miró su reloj: 7:45. Estaba a punto de regresar a casa cuando vio a James, su compañero de equipo, el segundo anotador del Colón. James se apresuró a cruzar la calle con dos donas en la mano.

—Lincoln, ¿dónde están tus zapatos?

Lincoln miró sus sandalias de goma. Su dedo gordo estaba amoratado de la vez en que encestó una bola y cayó muy duro.

—¿Qué hay, James? —dijo Lincoln.

James levantó su dona como diciendo "¿quieres?" Lincoln pensó en los entrenamientos de basquetbol mientras mordía un pedazo de dona y lo masticaba despacio, sintiendo los granos dulces de azúcar entre los dientes.

—¿Cómo dices que se llama tu perro? —preguntó James—. ¿Rocko?

—No, tonto, Flaco.

Se quedaron en silencio por un momento, observando sus alientos suspendidos en el aire invernal. James le dio el resto de la dona a Flaco y le dijo a Lincoln:

—No me parece flaco.

—Es que le gustan las donas.

James se lamió los dedos, los limpió en sus pantalones y dijo:

—Jugamos contra tu antigua escuela otra vez, ¿no?

—Sí —respondió Lincoln. Hubiera deseado que James no lo mencionara.

Se imaginó a sus amigos del Franklin pateando con fuerza en las gradas y gritándole "vendido" a él, su antiguo compañero de vecindario. Se imaginó al entrenador Ramos dejándose caer en una silla plegadiza, con las manos sobre la cara cansada. Se sintió como un traidor.

Permanecieron en silencio mirando a Flaco que se relamía. Granos de azúcar manchaban su nariz negra.

Cuando oyó el llamado de su mamá, Lincoln dijo que tenía que irse. Él y Flaco corrieron escaleras arriba y James se alejó, dejando huellas en el césped mojado.

—Ya se me hizo tarde —dijo su madre, cepillándose con vigor el cabello frente al espejo del pasillo—. Tengo que estar en San José a las nueve.

Lincoln se sirvió otro vaso de leche, bebió rápidamente con un ojo puesto en el reloj, y por una fracción de segundo vio a un colibrí detenerse en la ventana de la cocina y alejarse del alimentador sin haber bebido.

—Voy a estar entrenando —dijo Lincoln.

Su madre, buscando frenéticamente las llaves en su bolsa, no levantó la vista mientras decía:

—Diviértete.

"Divertirme", pensó Lincoln. "Es otra forma de verlo".

Mientras Flaco se arrellanaba en el charco de sol que se había desplazado del piso de la cocina a la sala, Lincoln se puso los zapatos, se cepilló los dientes y se peinó frente al espejo de cuerpo entero de la puerta de su armario. Hizo una seña de despedida a su mamá, quien hacía malabares con dos portafolios y un portaláminas. Ella sonrió y le dijo:

—Hasta luego, *mi'jo*. No olvides pelar las papas cuando regreses. ❖

señora Baker, repetía las mismas cosas una y otra vez: "Una silla es un sustantivo; una sombrilla de playa es un sustantivo. ¿Es Bobby un sustantivo?"

Bobby era el más burro de la clase. No podía explicarse si él era un verbo o un sustantivo, y cada vez que la maestra le preguntaba él decía, "No sé", antes de que la pregunta terminara. A nadie le agradaba Bobby.

Lincoln mordió su sandwich con fiereza. Abrió su libro de geografía y el tipo del camello con su rostro arrugado le sonreía otra vez. "Es como yo", pensó Lincoln. "Café como la tierra y nadie sabe su nombre." Cerró el libro cuando una jugada de basquetbol vino a su mente.

"Corta a derecha, a izquierda y dribla un pase al delantero", murmuró para sí. Le dio otro mordisco a su sandwich y alzó la vista para ver a James con una muchacha. Lincoln se limpió la boca, carraspeó y le dijo a James:

—¿Qué tal? —Y a la muchacha—: Hola.

Ella era casi tan alta como James. Tenía el cabello oscuro y corto, como de muchacho. Pero no tenía nada de muchacho. Estaba de buen ver, y eso fue lo que Lincoln hizo mientras ellos acercaron unas sillas. James dijo:

—Ella es Mónica Torres… Mónica, él es Lincoln, eh, déjame ver… ¿Cuál es tu apellido, Linc?

—Mendoza.

—Eso es, Linc Mendoza, jugador estrella del basquetbol.

Mónica sonrió y se sentó.

—James dijo que estuviste en el Franklin. Yo antes iba allí.

—¿De veras? —preguntó Lincoln, curioso, alzando las cejas—. No recuerdo haberte visto.

—Bueno, sólo fui dos meses —dijo ella—. Pero nos mudamos aquí. Mi papá no quiso que asistiera a la escuela en la ciudad.

—Pero no era tu papá quien tenía que ir a la escuela.

—Es verdad. Pero ya sabes cómo es el Franklin.

—¿Quieres decir desagradable?

—Es una manera de describirlo.

—Es la única manera.

Lincoln quiso hablarle del Franklin que él conocía, pero ¿cómo podría mantener la conversación en un tono cordial? No quería decirle que él mismo había tenido que enredarse en riñas, o de las veces que había llegado a casa con la nariz rota o el diente flojo con su rastro de sangre, o de la cicatriz en su barbilla por un gancho a la mandíbula.

Hizo a un lado la bolsa del almuerzo. Se limpió la boca con una servilleta, sólo para estar seguro, y miró a James.

—Apaleamos al Franklin la última vez, ¿no?

—¡Como que los osos polares viven en la nieve! Por mucho, y yo anoté nueve puntos.

—Sí —dijo Lincoln, y entonces, mirando a Mónica, apuntó su pulgar hacia James y preguntó—: ¿Está James en alguna de tus clases?

—En la de español. *Tengo que ayudarle, es medio tonto.*

—*¿De veras? Pero cuando juega al basquetbol, James...*

—Oigan, ¿de qué se trata? Hablen inglés, Linc, o no te ayudaré a seguir siendo una estrella —dijo James.

—*Oye a este chavalo.* Yo lo estoy ayudando a seguir en el segundo puesto.

James rió y dijo:

—Sí, es cierto. Linc es bastante bueno. Deberías ver su tiro de distancia.

La cara de Mónica se iluminó.

—Yo jugaba en el equipo femenino.

—¿En serio? —preguntó Lincoln sorprendido.

—Sí, en serio. —Ella sonrió y plegó su suéter en su regazo—. Jugué como delantera en el Franklin durante una temporada, pero la entrenadora Nagel... ¿la conoces?... me puso de defensa.

—¡La entrenadora Nagel! Ya no me acordaba de ella. —Lincoln se recargó en la silla. Se imaginó a la entrenadora Nagel levantando pesas con los muchachos después de la escuela. Era buena onda.

—¡Guau!, así que tú también jugaste basquet con el Franklin.

—Sí, jugué basquet. Parece que no me creyeras.

—Ey, sí te creo. Es sólo que no había conocido a nadie de aquí que fuera del Franklin... y jugara basquetbol.

Mónica bajó la mirada y apartó algunas migajas del sandwich de Lincoln.

—Eso fue el año pasado. Pero tuve que dejarlo. Mamá decía que estaba demasiado ocupada.

Lincoln aplastó su bolsa del almuerzo y la arrojó a James; éste la bateó.

—Estudio piano —continuó Mónica—, y mi papá me hace practicar aikido.

—¿Qué es aikido?

—Un arte marcial. Es bastante aburrido.

—Qué mal. ¿Así que dejaste el basquetbol?

Mónica tamborileó la superficie de la mesa con sus uñas barnizadas y dijo:

—Más o menos. Pero algunas veces juego en una escuela primaria que hay cerca de mi casa.

Lincoln y James se miraron uno al otro.

—¿Dónde? —preguntaron al unísono.

Mónica se puso de pie, abrazando sus libros y su suéter, sin responder.

—Tengo que hacer mi tarea. Nuestro maestro nos hace escribir una página al día en un diario. Algunas veces no sé qué escribir, así que pongo lo que comí o vi en la televisión. Hoy comí espagueti en el almuerzo. Me pregunto cómo puedo escribir algo interesante acerca de eso.

—Tal vez puedas decir que el espagueti se veía morado —dijo James—. Por lo menos así se veía el mío. Tal vez por la cebolla.

Mónica sonrió y se formaron líneas en su rostro.

—¿Morado? Eres extraño, James.

Lincoln y James se pusieron de pie mientras ella se disponía a marcharse.

—Espero que puedas venir al juego el próximo martes —dijo Lincoln—. Jugaremos contra el Franklin.

—Estaría súper. Voy a tratar —dijo Mónica levantando el puño de su blusa para ver el reloj. Lincoln se dio cuenta de que llevaba un anillo con forma de corazón en la mano izquierda. "Tiene novio", pensó. "O tal vez se lo compró ella misma, o se lo regaló su mamá."

—Tengo quince minutos para escribir tres páginas —dijo ella—. Mucho gusto en conocerte, Lincoln.

Se alejó, ellos la siguieron con la mirada. Se miraron entre sí y dijeron al mismo tiempo:

—Es bonita. Y juega basquetbol.

—¿Realmente la conociste en la clase de español? —preguntó Lincoln aplastando su cartón de leche con el puño. Algo de leche salpicó sobre la mesa.

—Ella me salvó de un par de cincos, o algo peor. Sabe lo que hace. Debe ser mexicana pura.

Lincoln hizo una mueca a James, que lanzaba el cartón de leche a un bote de basura.

—¿Qué quieres decir con "mexicana pura"? Suena tonto.

Lincoln se levantó, la silla se arrastró con un rechinido, y se despidió de James con un golpe duro en el brazo. No tenía a dónde ir excepto al corredor, donde pasó el resto del descanso dando golpecitos a cada tercer casillero y pensando en Mónica haciendo tiros a catorce metros de distancia. ❖

Capítulo 3

❖ —¡ADELANTE! ¡De prisa! ¡Ponle el codo en la cara! —gritaba el entrenador Yesutis desde un lado de la cancha. La humedad oscurecía sus axilas y se acumulaba en su frente. El sudor hacía que su cabello ralo se aplastara y colgara.

Para el entrenador, observar a sus jugadores era tan exhaustivo como jugar. Corría a uno y otro lado de la cancha, gritando las jugadas con las manos a modo de bocina y golpeando el sujetapapeles contra su muslo cuando alguna jugada no salía bien. Las dos horas de entrenamiento eran intensas. Dardos del sol de la tarde relumbraban en el pulido piso del gimnasio. La atracción de la práctica de ese día era el equipo "A", los titulares, contra el equipo "B", los reservas que se sentaban en la banca mordiéndose las uñas durante los juegos regulares.

—Vamos, Durkins, enfréntalos —regañó el entrenador—. Mendoza, mueve el bote.

La pelota resonaba en el gimnasio de la secundaria Colón, donde había banderines de los campeonatos que el equipo había ganado: 1980, 1987 y 1989, colgados de las vigas.

—Bukowski, síguelo de cerca. A la izquierda... ahora corta, ¡Grady! ¡Presiona!

Los zapatos rechinaban mientras los jugadores se desplazaban por la cancha. Luces fluorescentes zumbaban en lo alto, y el calefactor aventaba aire caliente y polvoso. Algunos estudiantes miraban sentados en el piso con las piernas cruzadas y los libros sobre sus regazos. En una esquina alejada, tres bastoneras saltaban en uno y otro pie, cantando "¡Ey! ¡Ey! ¡Tú qué dices!" También para ellas era hora de ensayar.

Lincoln eludió al centro, Grady, y saltando hacia la izquierda clavó la pelota a través del aro. Cayó duro, golpeándose en el dedo lastimado. Se detuvo por un momento haciendo una mueca, luego se fue cojeando tras los otros jugadores, una chispa de dolor punzaba en su pie.

—¡Vamos! —siseaba el entrenador mesándose los cabellos.

Tocó un silbato que colgaba de una cadena alrededor de su muñeca y golpeó ruidosamente el sujetapapeles contra su muslo, los jugadores tomaron un descanso. Mientras permanecían con las manos en las caderas, el sonido de sus respiraciones llenó el gimnasio. Un jugador se inclinó sobre una rodilla, pero se levantó al ver el enojo en la mirada del entrenador. Las porristas, indiferentes al juego, alzaban los brazos y gritaban.

—¡Mendoza, toma asiento! Buckley, a jugar.

Lincoln trotó despacio hacia la banca, donde se sentó entre los dos jugadores restantes, ambos reservas con piernas flacas, y hundió la cabeza en una toalla. Una delgada línea de sudor serpenteó por su brazo. El vello de sus muslos estaba enmarañado contra su piel. Se quitó el zapato y el calcetín izquierdos y frotó su dedo con cuidado. Se volvió al jugador que llevaba el puntaje y le preguntó:

—¿Cuántos tantos conseguí?

El jugador consultó su hoja de anotaciones.

—Cuatro. Y dos tiros libres. ¿Cómo está tu pierna?

—Es mi dedo. Me duele mucho.

Ambos miraron brevemente el dedo y después volvieron su atención al juego. El equipo "A" iba arriba por siete puntos, 22-15. "El entrenador se va a molestar", pensó Lincoln. "El A debería estar aplastando a los reservas."

Lincoln se limpió la cara y se quedó helado cuando el entrenador dijo:

—Mendoza, ¡ponte de nuevo el zapato! ¿Quién crees que eres? ¿Alguien especial? ¿Magic Johnson? ¿James Worthy?

—Me lastimé el dedo...

—Pobre muchacho, se lastimó su lindo dedito.

Ninguno de los jugadores rió con el entrenador.

Lincoln miró furioso al entrenador, que se alejó con una sonrisa burlona. "¿Quién crees que eres?", pensó Lincoln mientras deslizaba su pie lastimado en el zapato. Se avivó el dolor al tirar de las agujetas.

Lincoln no comprendía por qué el entrenador la traía contra él. Siempre estaba a tiempo para las prácticas y no era un fanfarrón como Bukowski o Durkins. Tampoco se quejaba de sus heridas. En el juego de la semana anterior, el que mantuvo al Colón dentro de la liga, recibió un codazo en el ojo "a propósito", pensó, "porque él era quien estaba luciéndose". Pero sólo parpadeó hasta que disminuyó el dolor, y dejó que el ojo le llorara hasta que su visión volvió a la normalidad. En otra ocasión se torció un dedo, pero eso no le impidió anotar trece puntos.

Lincoln gruñó mientras se abrochaba las agujetas; el sudor resbalaba por su cara dejando puntos en el suelo a su alrededor. Aspiró profundamente y trotó lento hacia la media cancha junto con dos muchachos de la banca. De inmediato anotó una canasta con un buen tiro de tres segundos en el aire, pero le cometieron falta con un punzante manotazo en la muñeca. Falló desde la línea de tiro, y en los minutos restantes del primer tiempo no volvió a anotar.

Durante el receso el entrenador fue a su oficina a hablar por teléfono. Volvió a los pocos minutos para regañar a los jugadores por su mala defensa y sus rompimientos lentos.

—¡Piensen! ¡Sólo se están moviendo, no están jugando! —gritaba el entrenador, una pechera de sudor se había formado en su camiseta. Lincoln miró a James, que había hecho cinco encestes, su mejor actuación del año. James se limpió la cara con el brazo y se tronó los dedos uno por uno.

En el segundo tiempo el equipo "A" predominó a pesar de James, que se lució con cuatro canastas más. Lincoln sólo anotó tres en ese segundo tiempo y recorría con dificultad la cancha con el dedo lastimado.

El entrenador se cansó de correr a uno y otro lado de la cancha, dando gritos. Se dejó caer en una silla plegadiza y sólo de vez en cuando gritaba: "¡Falta!" o "¡Enfréntalo!"

Al final del cuarto tiempo, quedaron 47-32. El entrenador los hizo dar tres vueltas al gimnasio antes de ducharse. En la última vuelta se les unió y trató de bromear, pero los chicos sólo miraban al piso, resoplando. Las porristas se habían ido. Los dardos de sol que habían brillado en el piso del gimnasio habían desaparecido. El calefactor estaba apagado y el portero cerraba las ventanas.

En la ducha, James se jactaba de haber anotado dieciocho puntos.

—En serio, Linc, soy algo especial. Puedo encestar desde dentro o fuera del área. Puedo serpentear a través del hueco mas pequeño. Oye, me gusta eso. Serpiente. "Serpiente" James.

—Bien, corredor —dijo Lincoln, moviéndose para que la ráfaga de la ametralladora de agua rebotara contra su pecho. Tenía que admitir que James había dado un juego reñido. El muchachito podía saltar como una trucha y agarrar la pelota como un oso—. Estuviste muy bien. Déjame usar tu champú.

James le arrojó la botella. Lincoln la apachurró hasta que una línea de líquido azul se enroscó sobre su palma.

—¿Cómo está el pie?

—Duele. El entrenador la trae contra mí.

—Sí, a veces es muy raro.

Una corona de espuma se formó, alta y blanca, en la cabeza de Lincoln. Se apartó del chorro y el agua caliente cayó con fuerza contra su espalda.

Cuando Lincoln y James terminaron de ducharse, el crepúsculo ya había caído sobre las calles. La cartelera que había frente a la escuela estaba encendida y anunciaba un refresco mostrando a dos muchachos sobre una tabla se surfear. En la esquina los autos esperaban frente a la luz roja; los fantasmas de un cansancio blanco, exhalados desde sus escapes, se elevaban en el aire oscuro.

Lincoln se preguntó cómo sería el surfeo; un pasatiempo *gavacho*. Él conocía la alberca cubierta en el Centro Comunitario de Mission con miles de cuerpos morenos pataleando hasta blanquear el agua.

Caminaron en silencio, exhaustos por el duro juego. James pellizcó unas cuantas nueces del bolsillo de su saco y se las llevó a la boca. Preguntó:

—¿Qué piensas de Mónica? Muy bonita, ¿verdad?

En las esquinas de su propio saco Lincoln buscó nueces, semillas de girasol, un pedazo de papa frita —cualquier cosa para recuperar la sal que había dejado en el piso del gimnasio.

—Realmente bonita. ¿Tienes más nueces?

—Sí.

—¿Crees que tenga novio? —preguntó Lincoln mientras trituraba las nueces con los dientes.

—No.

—¿Por qué estás tan seguro?

—No sé. No parece de ese tipo.

Caminaron dos cuadras en silencio antes de que Lincoln preguntara:

—¿De que tipo es ella?

—Ya sabes, del tipo que estudia. Seria. Buena en matemáticas.

Lincoln pensó en Vicky, su ex novia, que también era lista pero diferente a Mónica, tal vez un poco más alta, tal vez más sociable. Pero no estaba seguro. Ambas eran mexicano-americanas y lindas, pero por el momento ninguna era parte de su vida.

Se detuvieron en el *7 eleven*, compraron otra bolsa de nueces y compartieron un helado de cereza. Lincoln lamía de su mano boronas de nuez.

Lincoln dijo a James que debía irse a casa para empezar con la cena. Había papas que pelar, y Flaco desearía compañía. Antes de lastimarse, Flaco se pasaba los días vagando por ahí, olfateando los prados del nuevo vecindario. Ahora se quedaba por el portal o en el patio trasero y dormía bajo el peral, desapercibido por el gato del vecino, que algunas veces saltaba la barda para comer de su plato.

Al doblar Lincoln en su cuadra, su vecino, el señor Schulman, llegaba con su *Mercedes*. Lincoln dijo "hola" al pasar, mientras el señor Schulman bajaba de su auto con un abultado portafolios y un gran libro negro que apretaba contra su pecho. El vecino contestó "hola" y ladeó la cabeza en un acceso de tos. Su vientre brincaba sobre el cinturón, e incluso en la semioscuridad Lincoln pudo ver que el señor Schulman no era un hombre feliz.

Flaco estaba echado en el prado delantero. Cuando escuchó los pasos de Lincoln golpeó la cola contra el césped y trato de caminar a pesar de su pata vendada. Lincoln abrazó a su perro y le pasó la mano por el pelo polvoso. Quitó una hoja que había quedado atrapada en su collar y le dijo:

—A mí también me duele el pie. Tienes que aguantar, amigo.

El perro había sido un regalo de su papá cuando él y su madre se separaron. Lincoln tenía siete años y lloró cuando su padre se fue de la casa con un pequeño televisor y cajas de ropa. Veía a su padre de vez en cuando, pero su contacto con él era principalmente a través de cartas y tarjetas de cumpleaños acompañadas por billetes de un dólar. Una vez su padre le había enviado un par de guantes de boxeo con los que él y Tony estuvieron jugando a pegarse durante dos horas completas. Pero eso había sido años atrás. Su padre vivía ahora en Los Ángeles, y Lincoln y su madre en el norte de California, en un apagado suburbio que se dormía al filo de las nueve. ·

Flaco y Lincoln subieron juntos los peldaños, despacio, debido a la pata vendada de Flaco, y entraron por la puerta principal.

El vapor de los frijoles y las papas que se cocinaban flotaba en el aire, empañando las ventanas.

Lincoln arrojó su mochila en el sofá y llamó:

—Hola, mamá. ¿Llegaste temprano?

—Aquí estoy.

Su madre estaba en la cocina, aplanando un trozo de filete con un cuchillo que él le había comprado en su cumpleaños. Comprendía que un cuchillo no era un regalo sentimental, pero le gustaba cómo se veía, con su mango negro y una hoja brillante, tan filosa que podía partir un cabello nueve veces, o así se imaginaba él.

—Terminé cansada —dijo ella. Vestía pants. Se había sujetado el cabello con un pañuelo de colores y calzaba las pantuflas de conejo que él le había regalado la última navidad.

—*Mi'jo*, llamó Tony. Quiere que le hables.

Lincoln le bajó a la radio, que tocaba una canción de Marvin Gaye.

—¿Que quería? Se me olvidó recordarle esta mañana que todavía me debe dos dólares.

—No sé. Llámalo. ¿De qué te debe dos dólares?

La puerta del horno chirrió al abrirse y su madre sacó una gran sartén negra; Lincoln siempre había pensado que debía ser de México. Había visto a la gente blanca cocinar con sartenes cromadas o cobrizas, pero todas las madres mexicanas que conocía hacían de sus alimentos verdaderas delicias en sartenes negras de hierro fundido.

—Es una vieja apuesta. ¿Te acuerdas de cuando los *49* jugaban?

—No —dijo ella.

—Apostamos en un juego y él no me ha pagado.

Lincoln fue al fregadero y se sirvió un vaso con agua. Su madre advirtió su cojera y preguntó:

—¿Qué te pasó en la pierna?

Recobró el aliento después de beber largamente y respondió:

—Es mi dedo. Me lo volví a lastimar.

—Deberías remojártelo. Y descansar. Traje una película para esta noche: *Los pájaros*.

—Ya la vi. Pero la veré otra vez. —Lincoln se sirvió otro vaso con agua y esta vez lo bebió despacio. Por el rabillo del ojo vio a Flaco rascar la puerta de la despensa.

—¿Tienes hambre? —Lincoln se apoyó en una rodilla y tomó la cabeza de Flaco entre sus manos. Le restregó la pelambre y la peinó con su mano—. Mamá, ¿cómo se dice "comida de perro" en México?

Su madre se detuvo y miró a la pared, con un gesto reflexivo.

—No sé. Pregúntale a tu maestro de español.

Lincoln abrió una lata de comida para perro y la sacó con una cuchara. Al sentarse en una silla para ver comer a Flaco se dio cuenta de lo cansado que estaba. Su dedo punzaba. Su muñeca, donde Durkins le había pegado en el primer cuarto, estaba raspada y el brazo le dolía por el codazo que recibió mientras se abría paso debajo del aro. Decidió aceptar la sugerencia de su madre y remojar su pie. Mientras la tina se llenaba decidió remojarse todo el cuerpo. Echó dentro puñados de burbujas de baño y sonrió mientras la espuma rosada formaba una montaña.

"Me lo merezco", se dijo mientras deslizaba su cuerpo en el agua. "Aah, está caliente."

Mientras se relajaba en el agua, con el vapor ascendiendo como humo de incienso, leyó la sección de deportes del periódico. Los *Warriors* habían perdido otra vez. Pero ellos eran el equipo a seguir. Los *Lakers*, tan buenos que eran, con jugadores como Magic Johnson y el espíritu del recientemente desaparecido Kareem Abdul Jabbar, estuvieron como para abuchearlos.

Los *Warriors*, pensó, eran como su antigua escuela, Franklin, que era una escuela pobre, cruel y triste porque sus muchachos eran pobres —pero agresiva, como los *Warriors*. Los *Lakers* eran como su nueva escuela, ricos y hábiles para jugar.

Lincoln se estaba secando cuando escuchó decir a su madre:

—¡Ándale, muchacho! ¡Apúrate! y saca a Flaco. Llévalo afuera.

Lincoln se restregó el pelo con una toalla y volvió a meterse en sus pantalones vaqueros. Se puso una camiseta fresca que decía "Ey" y, descalzo, se apresuró hacia la cocina. Arrastró a Flaco por el collar, lo sacó diciendo:

—Vamos afuera, chamaco.

Madre e hijo comieron en silencio. Estaban cansados y hambrientos, y el hablar los distraería de rebanar la humeante carne asada y servirse frijoles y

papas en pedazos de tortilla caliente. Bebió su leche fría. Su madre daba pequeños tragos a su vaso con agua. Cuando terminó su primera porción, él dijo:

—¡Uff, *ma*!, esto está muy bueno —y se sirvió más frijoles y otra tortilla.

Cuando terminaron, dejaron entrar a Flaco nuevamente. Flaco arrastraba
su pata y gemía por las sobras de la cena.

—¿Qué quieres? —murmuró Lincoln cuando su madre subió al pasillo a
contestar el teléfono. Arrancó un pedazo de carne de la sartén, y Flaco saltó por
él, con todo y su pierna lastimada.

Su madre volvió a la cocina.

—¡Ay, Dios, qué gente! Creen que el dinero cae del cielo. Das caridad
una vez y ahora todo el mundo llama.

Casi cada tarde algún grupo —el Partido Demócrata, los veteranos de
guerra, las escuelas para minusválidos— llamaba pidiendo dinero.

—Es porque ahora vivimos en una zona mejor.

—A lo mejor. Puede ser.

El teléfono sonó de nuevo y esta vez era Roy, el nuevo novio de su
mamá. Lincoln escuchó a su madre decir:

—Sí, me parece bien. No, no seas tonto. Así que saldremos el viernes.
¿Con Lincoln?

Flaco miró a Lincoln y Lincoln a la pared. No le gustaba que su madre
saliera con hombres que se asustaban si ladraba un perro. Y Flaco ladraba mucho.

Después de lavar los platos, Lincoln encendió la videocasetera y todos se
sentaron juntos en el sofá, su madre con una taza de café, Lincoln con una
paleta helada y Flaco con un hueso. ❖

Capítulo 4

❖ LINCOLN despertó al oír a Flaco arañando la puerta delantera.Su madre estaba en el baño usando la secadora de pelo.

—¡*Ma!* —gritó Lincoln somnoliento—, Flaco quiere entrar.

Flaco arañó y gimió mientras la secadora aullaba. Lincoln pensó que oía huevos golpeándose en una olla de agua hirviendo.

Se quedó acostado en la cama con los ojos cerrados. Era viernes. No habría entrenamiento. Movió el dedo del pie. Todavía le dolía. Su muñeca le molestaba un poco y su hombro estaba adolorido. Bostezó y se arrebujó entre las cobijas.

Se acordó del gimnasio de su vieja escuela; tres banderines de los campeonatos ganados en 1967, 1974 y 1977 colgaban cerca de las vigas, desteñidos y polvosos. Aquellos años fueron antes de su tiempo, antes del tiempo de cualquiera. Parecían de hacía mucho.

Pensó en Mónica. ¿Se estaría levantando de la cama? ¿Estaría peinándose frente al espejo del baño? ¿Sentada a la mesa sopeando un pedazo de tortilla en la yema de un huevo? Se preguntó si hablaría en español o en inglés con sus padres. Últimamente él y su madre habían empezado a hablar en inglés, incluso en casa. El español de Lincoln era cada vez peor.

Cuando escuchó que su madre lo llamaba dio media vuelta y se levantó rápidamente, dejando que las mantas cayeran al piso. Se estremeció y dijo: "¡ay, hace mucho frío!" y se puso un suéter al revés, sobre la camisa de su piyama. Sintió que la etiqueta le hacía cosquillas en la barbilla, pero no se molestó en arreglarla.

Arrastrando los pies fue a la cocina, donde su madre, sonrosada por la ducha, ponía pan en el tostador. Había adivinado: huevos pasados por agua y pan tostado con jalea.

—Voy a dejar entrar a Flaco —le dijo de camino hacia la sala.

Flaco tenía pegada la nariz a la ventana y al ver a Lincoln ladró con fuerza.

—Ya, perrito —lo llamó Lincoln, apresurándose sobre el piso frío.

Flaco se coló a través de la puerta y, sin echar siquiera un vistazo a Lincoln, cojeó hacia su plato.

Durante el desayuno su madre dijo que Roy, su novio, iría esa noche. Y los tres saldrían a cenar.

—¿Tengo que ir? —preguntó Lincoln. No le gustaba Roy, que era más bajo que su madre. Tenía un BMW azul celeste, "un color como de chica", pensaba Lincoln y era, como el señor Schulman, rechoncho y pálido. Lincoln se imaginaba que no podría correr alrededor de la manzana sin detenerse por el dolor de costado. ¡Vaya tipo!

—Sería agradable —dijo su madre—. Le caes bien.

Lincoln masticó su pan tostado pero se quedó callado. Por un segundo pensó en su padre, no pudo recordar su rostro; en cambio recordó las ruinosas vigas de su antiguo gimnasio: los tres banderines roídos, desteñidos y casi olvidados.

Sin pensarlo, Lincoln preguntó:

—¿Qué hace papá? Ya no sabemos de él.

Su madre masticó lentamente y, después de aclararse la garganta, dijo:

—Todavía está en Los Ángeles. Sigue siendo un oficial del consejo de libertad bajo palabra.

—¿Qué es eso?

—Ya sabes. Trabaja para el Departamento de Policía. Supervisa criminales que salen de prisión. Es un trabajo duro.

—¿Me parezco a él?

Su madre sonrió y le acarició el cabello.

—Eres igual que él: fuerte.

Lincoln no quería pensar en su padre ni quería pensar en Roy. Abrió al azar su libro de geografía y allí estaba otra vez la página del hombre del camello con los dientes rotos y el rostro ajado. La vida también era difícil para él, como para cualquiera que trabajara bajo el sol.

—Tengo que apurarme —dijo Lincoln, llevando su plato al fregadero.

—¿Entonces vendrás con nosotros? —preguntó ella.

—Seguro tendré entrenamiento —mintió. Nunca había entrenamiento en viernes por la tarde. El entrenador Yesutis pertenecía a una liga de boliche y jugaba todos los viernes.

Pudo sentir la mirada de su madre mientras caminaba hacia el dormitorio. Se vistió velozmente, se peinó y cepilló los dientes y estaba afuera antes de que su madre pudiese besarlo. Apenas la escuchó decir:

—Que te diviertas en la escuela.

Lincoln se encontró con James y, como era temprano, pararon en el *7 eleven* por un pastelillo de manzana, que partieron por la mitad y engulleron. Se chuparon los dedos y James dijo:

—¡Sí que estuvo bueno!

Caminaron en silencio. Luego Lincoln preguntó:

—¿A qué se dedica tu papá?

—Es inspector.

—¿Inspector? —preguntó Lincoln sorprendido. Esperaba oír "doctor" o "abogado". Todo el mundo en Sycamore parecía tener un trabajo elegante.

—Sí, ése es su oficio. Es uno de esos señores que ves con chaleco anaranjado en las autopistas. —James recogió una piedrecilla y la arrojó a un gorrión sobre un cable telefónico—. Mi mamá es la que gana los billetes grandes. Tiene una tienda de importación en Burlingame. Parte de la mercancía es de México.

Lincoln pateó una pila de hojas y trató de recordar si había visto la tienda. Su tío Raymond vivía en Burlingame y Lincoln había pasado allí una semana tras el divorcio de sus padres.

Llegaron a la escuela unos cuantos minutos antes de que sonara el último timbrazo. El señor Kimball, con el cabello desaliñado por un viento que arrastraba oscuras nubes de tormenta, aguardaba con sus boletas de retardo.

—Hoy no, señor Kimball —masculló James.

—Ya te atraparé —respondió el señor Kimball. Y se rió entre dientes.

Lincoln y James sonrieron al pasar a su lado hacia la primera clase. Lincoln no podía concentrarse en álgebra. El basquetbol ocupaba su mente. Cerró los ojos y desfilaron rostros ante él: su ex novia, Vicky; Mónica Torres; Roy en su *BMW* azul celeste; su madre; el entrenador Yesutis gritando desde afuera de la cancha. Una imagen de Vicky dando un mordisco a una goma de mascar y preguntándole con desprecio: "¿De qué lado estás?"

—Mendoza, resuelva este problema —exclamó el señor Green y la imagen de Vicky reventó como una pompa de jabón. Señalaba el pizarrón.

Lincoln levantó la vista, sobresaltado.

—Eh, bueno, es, eh, déjeme ver, es... lo que usted diga.

Algunos alumnos voltearon a mirarlo. Durkins, el delantero del equipo de reserva, le sonrió burlón. Él tampoco hubiera sabido la respuesta.

El señor Green se mojó los labios y, tras el brillo de sus gruesos lentes, lo miró con dureza. Lincoln, sintiéndose un idiota, bajó la mirada hacia sus manos entrelazadas sobre el pupitre, que estaba marcado con las iniciales "C.O." Lincoln siguió con los dedos el trazo de las letras, lamentando no haber podido responderle al señor Green. La lluvia caía con fuerza cuando sonó el timbre para dar por terminada la clase de álgebra. Lincoln cargó su mochila al hombro. Al pasar junto al maestro murmuró: "Lo siento".

Green, recogiendo un fajo de papeles, le dijo:

—Sus calificaciones están bajando. ¿Qué pasa?

—Nada.

—¿Está seguro?

—Me esforzaré más —dijo Lincoln y se alejó. Luego se volvió para agregar—: Esta escuela es diferente —y se fue sin explicar a que se refería.

A pesar de su pie lastimado corrió a la clase de historia, donde aprendió que los pollos llegaron a Egipto desde la India.

"Pues tuvieron que caminar mucho", pensó Lincoln. Sonrió y se imaginó hordas de pollos con el pecho blanco cloqueando sobre dunas de arena y remontando en botes el Nilo hacia Alejandría.

—¿Eran los pollos de antes como los de hoy? —preguntó Andy, un alumno que sacaba 10 en todo excepto en educación física. Su pluma estaba suspendida y lista para cuando la señora Wade, la maestra, respondiera.

—Nadie lo sabe —replicó ella.

"Es una buena respuesta", pensó Lincoln. "Si no podemos recordar la semana pasada, ¿cómo vamos a recordar lo de hace tanto tiempo?"

A la hora del recreo la lluvia había cesado y un pedazo de cielo azul se mostró sobre la escuela. Lincoln se comió su almuerzo de pie bajo un árbol. Dio tres mordiscos a una manzana magullada y la arrojó al bote de basura. "dos puntos", pensó; luego fue a buscar a Mónica. Quería verla, hablar con ella. Su corazón latía con fuerza, como una pelota de basquetbol rebotando.

"¿Qué le voy a decir?", murmuró. Miró en la cafetería pero ella no estaba entre el estruendo de los cubiertos y las risas y gritos de los estudiantes. Caminó entre los casilleros. Fue hacia el gimnasio, había tres chicas platicando. Pero no estaba allí. Por fin la encontró en la biblioteca, escribiendo lo que él se imaginó que sería su diario para la clase de inglés.

Se acercó a ella y dijo:

—Hola.

—Ah, hola Lincoln —contestó ella—. ¿Dónde está James?

—No sé —respondió él, tirando de una silla y sentándose. La bibliotecaria lo miró y él le hizo una seña con la cabeza—. Comiendo su almuerzo, supongo —lanzó una ojeada a su diario y preguntó—: ¿Qué escribes?

Ella cerró su diario y tras una pausa dijo:

—Pues, acerca de anoche.

—¿Qué pasó anoche?

Mientras daba vueltas a una goma de borrar entre sus dedos le contó que había tenido una discusión con su padre.

—Le dije a mi papá que quería dejar el aikido, se enojó y me aseguró que yo estaba muy consentida. Dijo que cuando era un muchacho, había trabajado en los campos... —Se detuvo de improviso.

—Sí, conozco ese cuento. Mi madre también trabajó en los campos allá en el valle —le quitó la goma y la apretó hasta que sus nudillos se pusieron color blanco hueso—. Sí, cada Navidad, cuando vamos a Fresno, donde está mi familia, platican del cartón en los zapatos. Ampollas. Trabajos de jardinería. Es aburrido.

—Mi papá es de Salinas. Solía cortar brócoli y alcachofa. No me gusta el brócoli; ¿a ti sí?

—Sabe bien. Mi problema son las coles de Bruselas.

—Coles de Bruselas —dijo Mónica en tono pensativo—. Otras que no soporto.

Lincoln alzó la vista hacia el reloj de pared. Faltaban cinco minutos para la una. "Debo aprovechar el momento", pensó. Su corazón empezó a acelerarse otra vez.

—Mónica, estaba pensando, eh... —empezó Lincoln, mordiéndose el labio—. Me preguntaba si podríamos... No sé, ¿jugar un poco de basquet este sábado?

—¿Sábado? No puedo —respondió, sonriendo y metiendo sus cosas en su mochila—. Voy a salir.

La pelota de basquet de su corazón se desinfló.

Entonces ella añadió:

—¿Pero qué tal el domingo? ¿Por la tarde, tal vez como a las tres?

La pelota de basquet se llenó de aire y se fue rebotando por las escaleras sin control.

—¡Sí! —exclamó—. ¡Suena bien! ¿Dónde?

La bibliotecaria lo miró y frunció los labios.

Mónica, colgándose la mochila al hombro, dijo:

—En la primaria Cornell. Allí es donde juego.

Lincoln no podía creer en su buena suerte. "Habla como un muchacho, pero es tan bonita", pensó.

Lincoln caminó hacia la clase entre nubes. Después de la escuela se apresuró a llegar a casa casi corriendo, a pesar de su dedo lastimado y el peso de la tarea de fin de semana sobre sus hombros. Sin mencionar el asunto de Roy. ❖

Capítulo 5

❖ EL AUTOBÚS se desplazaba retumbando desde las vistosas calles comerciales de los suburbios, al barrio sucio de la infancia de Lincoln. Cuando lo abordó, los pocos pasajeros, casi todos jubilados con canastillas para las compras del sábado, hablaban inglés. Pero después de veinte paradas, cuando las casas elegantes cedieron su lugar a edificios de apartamentos y tiendas de llantas y mofles, el autobús se llenó de latinos de tez morena. El inglés cedió el paso al armonioso español. Casi todas las mujeres llevaban un niño.

—¡*Ándale muchacho!* —una madre regañaba a su hijo afectuosamente mientras éste desprendía los aros a las latas de Pepsi que había aplastado entre sus zapatos. El muchacho rió e hizo una seña de despedida a las latas mientras su madre tironeaba de él hacia el autobús. Metió unas monedas en la caja cobradora y recibió un boleto del conductor, un hombre negro con gafas para el sol no tan oscuras como para ocultar sus ojos. Murmuró, "con permiso, con permiso", mientras se abría paso hacia un asiento cerca de la bajada.

La mujer sonrió a Lincoln, una corona de oro brillaba en uno de sus dientes, y dijo lo suficientemente alto como para que todos la escucharan: "*Mi*

hijo es un diablito". Se dio una palmadita en el regazo y el chico saltó sobre él, se volteó y le sonrió a Lincoln, que se asombró al ver que el muchacho no tenía dientes. Se acordó de cuando Tony le había tirado los suyos al deslizarse por una resbaladilla.

Lincoln pensó en Tony. Había llamado temprano esa mañana, mientras Lincoln estaba aún en la cama hecho rosca bajo el calor de las cobijas. La voz de Tony parecía urgente.

—Linc, tienes que venir —había dicho.

—¿Qué pasa?

—No puedo decirte por qué, *ese*. Tienes que verlo tu mismo.

—Me debes dos dólares, Tony. ¿Recuerdas el juego de los *49*?

—Sí, sí. Te pagaré, pero tienes que ver esto.

Así que Lincoln había abordado un autobús casi vacío que poco a poco se llenó de gente morena, mientras su madre desayunaba con Roy. La noche anterior había sido comida tailandesa con Roy y esa mañana huevos bene-dictinos en un elegante restaurante en Palo Alto. La noche anterior Lincoln había dicho a su madre que le dolía el dedo y que quería ver una película en video, comiéndose una sopa de fideos instantánea con Flaco a su lado. Esta ma-ñana le dijo que quería ir a ver a Tony y dar una vuelta por el distrito Mission.

Lincoln miró por la ventana. Vio un perro con una banda de ventilador en el hocico. Vio a un chico que estrellaba un foco contra el suelo, tapándose los oídos con las manos. Vio a un hombre con una canastilla para compras, re-bosante de latas de aluminio aplastadas. Recordó las latas de Pepsi que el muchachito había dejado en la cuneta. Buscó a la madre y al hijo, pero ya se habían ido. En su lugar, un *vato loco* subía y bajaba la rodilla siguiendo un ritmo que sólo él escuchaba. Una cruz tatuada oscurecía su muñeca.

Lincoln se bajó del autobús y caminó hacia la casa de Tony en la calle Day. Un hombre con llagas en el rostro, del color del tocino frito, le pidió una limosna, pero Lincoln negó con la cabeza y bajó la mirada mientras seguía caminando.

—Ya te tocara algún día —murmuró el hombre.

Lincoln se sintió mal, pero si le daba un dólar al hombre no tendría con qué regresar a casa. Y de todos modos, ¿cómo podía un dólar cambiar la vida de aquel hombre y borrar las llagas de su rostro?

Lincoln se detuvo frente a *Discolandia* y buscó en el escaparate algún disco para su madre. Su cumpleaños se acercaba y ella había insinuado que le gustaría un álbum de "El Chicano". Puso sus manos como visera sobre los ojos y miró. Lo que captó su atención fueron tres hombres que había en la parte posterior. Estaban jugando cartas, "poker", se imaginó Lincoln. Las puntas de sus cigarrillos resplandecían.

Lincoln se echó hacia atrás y miró su reloj. Eran las 9:30. Continuó caminando hacia la casa de Tony. Se sentía contento de estar en el viejo vecindario.

Tony abrió la puerta a la primera llamada. Llevaba puesto un traje deportivo, con los pantaloncillos del gimnasio por fuera. Su sudadera tenía una bujía *Champion* al frente y su gorra de béisbol de los *Giants* estaba vuelta hacia atrás.

—Linc, no hables fuerte. Mi mamá está en el teléfono.

—No he dicho nada —susurró Lincoln mientras entraba en la casa—. ¿Quién está al teléfono?

—Algún idiota tratando de venderle enciclopedias, pero ella le está diciendo que no tiene niños.

"Es extraño", pensó Lincoln. "Los vendedores por teléfono están llamando también a la gente pobre". Él pensaba que eso sólo sucedía en su nuevo vecindario.

Caminaron de puntitas por el estrecho corredor, el piso de madera crujió. Lincoln vio a los tres hermanos menores de Tony todos sentados en el sofá viendo caricaturas con el sonido apagado. Saludaron a Lincoln con la mano y le sonrieron, mostrando entre los dientes los dulces de goma que se estaban comiendo. El más pequeño se puso un dedo en los labios y dijo en voz alta:

—Linc, no hagas ruido. Mamá está en el teléfono.

Todos lo acallaron, y él se llevó una mano a la boca para ahogar la risa.

—¿Por qué tu mamá simplemente no cuelga? —preguntó Lincoln.

—Mi mamá es muy amable. Debería cortar al tipo.

Los dos entraron a la cocina, donde la mamá de Tony estaba planchando una camisa y diciendo por teléfono:

—Tengo cantidad de libros, joven. Y la biblioteca está muy cerca, en la misma calle donde vivo. Está abierta todo el tiempo. —Tenía puestos unos rizadores azules y su frente estaba embadurnada de crema de belleza blanca.

Conocía a la señora Contreras desde que tenía memoria, antes de que pudiera contar hasta diez o amarrarse las agujetas, antes de que su padre se hubiera marchado y tomado un trabajo en otra ciudad.

Ella levantó la vista y sus ojos brillaron al ver a Lincoln. Le mandó un beso con la punta de los dedos y dijo por el teléfono:

—Me tengo que ir. Buenos libros. Usted es agradable también.

Colgó el auricular y su rostro se ensanchó con una sonrisa.

—¡*Ay, mi'jo*! ¡qué grande te has puesto! ¿Qué comes en casa? —dijo golpeando los rizadores sobre su cabeza—. ¡Qué guapo estás! ¿Cómo está tu madre? Nunca me llama.

Apagó la plancha y le dio un abrazo que por poco lo deja sin aliento y le bota los ojos.

—Hola, señora Contreras —dijo él. Se limpió un poco de crema que le había quedado en la mejilla.

—Hola, mi hombrecito. Mira, estás más alto que Tony.

—Mamá, él siempre ha sido más alto —dijo Tony. Tomó una manzana de la mesa y la mordió.

—Pues no. Cuando los dos eran pequeñitos tú eras más alto.

—¿De veras? —respondió Tony.

—Los tendí a ambos en el césped un día. Tú eras más grande y más gordo.

—¿En el césped? —preguntó Tony.

—Sí. Hacía calor y ustedes, bebés, estaban sudando y llorando. Los puse en el césped y los rocié con la manguera.

—¿La manguera? —preguntaron ambos, casi gritando.

—Para refrescarlos.

Tony se atragantó con un bocado de manzana. Le lanzó una mirada a Lincoln como diciendo "qué loca".

—*Mi'jo*, ¿tienes hambre? —le preguntó a Lincoln mientras plegaba el burro de planchar y lo recargaba contra la pared.

—No, no tengo hambre. Pero, ¿puedo tomar un vaso de agua?

—Claro —dijo ella tocándose los rizadores. De camino hacia el grifo se detuvo—. No, no. Les voy a hacer limonada.

Mientras la señora Contreras revolvía limonada de lata en una jarra pintada con los rostros de los *Giants* de San Francisco, Tony llevó a Lincoln a su desordenada habitación. Había una pila de ropa en una esquina, percudida de mugre y manchas de pasto. Un casco roto de futbol americano que decía *Raiders* estaba apuntalado en el poste de la cama. Su cómoda de cajones relucía con trofeos de beisbol y basquetbol que les pertenecían a él y a su hermano mayor, Fausto, quien asistía a la universidad fuera de la ciudad.

Tony lanzó la manzana sobre la cómoda.

—Linc, ¿te acuerdas de cuando robaron tu casa?

—¿Qué hay con ello?

Tony cerró la puerta.

—Escucha esto… ¡sé dónde está la tele!

Lincoln frunció el entrecejo. Recogió del suelo una pelota de beisbol y rascó las ya desgarradas costuras.

—*Chale* —dijo, incrédulo—. No inventes

Tony recogió su piyama del suelo.

—No, en serio. ¿Conoces la tienda de cosas usadas que está en Dolores, cerca de la iglesia? Un viejo está a cargo del lugar.

Lincoln había pasado frente a aquella tienda cientos de veces al ir y venir del Franklin. Incluso allí le había comprado a su madre una lámpara giratoria para su cumpleaños.

—¿Me estás tomando el pelo?

Tony le aseguró que no. Había estado allí el día anterior buscando tenedores.

—¿Tenedores? —preguntó Lincoln—. Qué raro.

—Son para mamá. Perdimos un montón, los que papá le compró en Navidad en el *Price Club*. Fausto se los llevó a la universidad. Ni siquiera se los pidió a mamá. Es un idiota.

Lincoln dejó caer la pelota que rodó bajo la cama de Tony como un ratón. Podía ver su televisor entre pilas de viejos discos, ropa, juguetes rotos, platos y tazas desportillados y zapatos desgastados que apestaban a asfalto y hierba muerta. Podía ver al dueño sentado en su sillón reclinable, con los bifocales en el puente de su nariz venosa, las manos acribilladas por la edad.

—¿Estás seguro de que es mi tele? —preguntó Lincoln.

—Sí, *hombre*. Es la que tiene las marcas de crayola, ¿no?

—¿Crayolas?

Entonces Lincoln recordó que cuando tenía ocho años había coloreado un lado del aparato por diversión, lo que le había valido una tunda por parte de su madre y una semana sin ver televisión.

La madre de Tony golpeó la puerta con el puño y gritó:

—¡Muchachos, vengan a beber su limonada! Y les hice palomitas de maíz.

—Bueno, mamá —dijo Tony. Salieron de la habitación pensando en el televisor.

Después de un vaso de limonada con hielos, algunos puñados de palomitas de maíz, y un poco de plática con la mamá de Tony, que acomodó sus largos codos con hoyuelos en la mesa, se pusieron sus chamarras y se dirigieron a la tienda de cosas usadas. Lincoln tenía que cerciorarse. ❖

Capítulo 6

❖ LINCOLN y Tony caminaban al paso, con los puños crispados hasta el fondo de los bolsillos. El viento había desplazado las nubes de la mañana hacia el Este. El día se estaba entibiando.

—¿Y cómo vamos a recuperar el televisor? —preguntó Tony.

Saltaron sobre una manguera de jardín. Un hombre con una chamarra de los *49* mojaba su auto para darle su lavada y pulida semanal. Su hijito exprimía una esponja seca y reía.

—No lo sé. Vamos a mantener la calma y decir que sólo estamos mirando.

—Tenedores. Le puedo decir al viejo que aún estoy buscando tenedores.

Lincoln se imaginó al hermano de Tony abandonando la ciudad con los cubiertos de la señora Contreras.

—Bueno, tal vez funcione. Pero no saltemos sobre el tipo.

—¿Y por qué no? Tiene tu televisor, ¿o no?

—Tal vez alguien se lo vendió. Tal vez se lo encontró.

—Sí, hombre, ¿dónde va a encontrar él un televisor? ¿Caminó por la calle, descubrió una en un callejón, y dijo: "Ey miren, me encontré una tele gratis". Despierta, Linc. Este tipo es un pillo. Has estado conviviendo con gente blanca demasiado tiempo.

Lincoln se detuvo y dijo bruscamente:

—¡*Chale!* ¡No me digas eso! Tú sabes de dónde vengo. Vengo de aquí. —Señaló hacia la calle y se veía siniestra, con vidrios rotos y una batería destrozada en la cuneta, automóviles roñosos, un borracho bebiendo de una botella en una bolsa de papel, perros zarrapastrosos y chevys descascarados zumbando en los semáforos.

—No es eso lo que quiero decir —replicó Tony y su voz se suavizó—. Tú sabes, la gente cambia.

Lincoln miró a su amigo con furia.

—Yo no. Soy moreno, no blanco. Y que no se te olvide. —Lincoln desvió la mirada. Al otro lado de la calle un hombre empujaba un carrito para compras rebosante de latas de refresco vacías.

—No quise decir que…

—No hablemos de eso. Las cosas cambian, pero la gente se queda igual.

Continuaron caminando más despacio, ahora con las manos a los lados. Durante dos cuadras no dijeron nada. Lincoln se preguntó si había cambiado como Tony había dicho. Sycamore era un lugar tranquilo y suave y su escuela era toda blanca o casi —excepto por un par de chicos negros y un grupo de coreanos que se sentaban juntos a la hora del almuerzo. Sus nuevos amigos de Sycamore probablemente comían queso tipo *brie* en galletas, no como su *gente*, que comía el queso derretido dentro de las tortillas. De donde él venía uno tiraba golpes si alguien accidentalmente chocaba contra ti. Donde vivía ahora, uno sólo seguía su camino para no arruinarse la ropa.

Se detuvieron a comprar chicles, semillas de girasol y una Coca-Cola que compartieron. Estaban de mejor humor cuando llegaron a la tienda de cosas usadas, que era pequeña y venida a menos. El escaparate estaba sucio y salpicado de moscas. En una esquina, un letrero de cartón decía: "Productos legales a buen precio".

Una mujer salió con una bolsa apretada bajo el brazo. Era mexicana, y cuando pasó Lincoln y Tony dijeron "buenos días señora". La miraron hasta que dio vuelta en la esquina.

Fijaron otra vez su atención en la tienda. Dieron vueltas afuera, sin decidir qué hacer, pateando la cuneta con la punta de sus tenis y matando el tiempo. Tony, ahuecando las manos sobre los ojos, atisbó por el escaparate. El dueño estaba en su silla reclinable, al parecer dormido. Tony se volvió hacia Lincoln, quien se había recargado en un auto estacionado, y sugirió:

—Entremos y echemos un vistazo. No tiene nada de malo.

—Espérate.

Tony se encogió de hombros y bajó la mirada hacia la acera, donde refulgía una moneda de diez centavos. Se inclinó para recogerla y luego le dio la vuelta, rascando la mugre que ocultaba la cara de Roosevelt.

—Mira, Linc. Una parte de lo que te debo por nuestra apuesta —sostuvo la moneda y sonrió.

—Guárdala. Quiero mi dinero completo. Dólares, no el cambio que te encuentras en el suelo.

—Sólo estaba bromeando. Tengo el dinero en casa. —Tony arrojó al aire la moneda y la atrapó entre sus manos—. ¿Qué dices, cara o cruz?

Lincoln lo pensó un momento.

—Cara.

Tony atisbó entre el sandwich que formaban sus manos y una lenta sonrisa apareció en su rostro.

—Lo siento, amigo, es cruz.

—Pero no apostamos —protestó Lincoln.

—Bueno, entonces, ésta es de verdad. Doble o nada en nuestra apuesta de los *49*.

Lincoln se mordió una uña, la escupió y estuvo de acuerdo.

—Pero más te vale pagarme.

Mostrando su chicle al sonreír Tony arrojó la moneda al aire y la atrapó para ponerla esta vez en el dorso de su mano.

—¿Qué pides?

—Cara.

Lincoln y Tony se asomaron llenos de expectación. Salió cara.

Tony saltó hacia atrás y vociferó:

—*¡Chale!* Me ganaste.

—Cuatro —dijo Lincoln, frotándose las manos.

Tony se apartó, refunfuñando. Miró de nuevo hacia el interior de la tienda, donde el viejo seguía dormido en su silla reclinable. Retrocedió y, admirando su reflejo en la vidriera, se acicaló el cabello. Sonrió y sus dientes, que eran tan largos como uñas de guitarra, brillaron blancos sobre su rostro moreno.

Lincoln se apartó de la defensa del auto.

—Vamos a hacerlo. Pero no hay que saltar sobre el tipo.

A Lincoln en realidad no le importaba la tele, pero todavía estaba molesto de que alguien se hubiese metido en su casa. Si eso no hubiera sucedido, tal vez él seguiría viviendo en su viejo vecindario. Estaría jugando para el Franklin, no para el Colón y la vida sería hermosa. Aún seguiría con Vicky, y Flaco nunca hubiera sido arrollado por una motocicleta.

Una diminuta campana sujeta a la puerta cascabeleó cuando entraron. Un canario amarillo aleteó en una jaula y gorgeó. El viejo, relamiéndose el bigotudo labio superior con su lengua rosada, giró lentamente su cabeza grande hacia ellos. Sus ojos estaban húmedos y sus dientes manchados y rotos como melladas piezas de cerámica. Llevaba un par de guantes de jardinero, salpicados de pintura blanca.

—¿Puedo ayudarlos? —preguntó el hombre mientras se incorporaba de la silla reclinable y estornudaba. Una ráfaga del abrir y cerrar de la puerta lo alcanzó—. Hace frío aquí —dijo.

La tienda olía a betún para zapatos y abrigos viejos, trementina, polvo y alcanfor. Un calendario con una escena de una cascada en Nueva Inglaterra estaba clavado en la pared. Sus páginas estaban enroscadas y amarillentas.

—Tenedores —respondió Tony.

—¿Qué? —preguntó el hombre. Se tocó la oreja con un dedo enguantado—. No escucho bien. ¿Qué dice?

—Mi hermano se fue con los tenedores —refunfuñó Tony—. ¿Por qué no puede oír?

Lincoln le hizo un gesto a Tony y susurró:

—No empieces.

Giró despacio hacia el hombre que se dirigía a la caja registradora.

—Sólo estamos curioseando, señor.

Lincoln se abrió paso empujando con su pie sano una caja de revistas *National Geographic* combadas por la lluvia. Tony comenzó a mirar alrededor. Jaló la cadena de una lámpara. "No sirve", murmuró. Aporreó una máquina de escribir negra y las estropeadas teclas se atascaron al levantarse. "No sirve", dijo otra vez. Recogió una camisa hawaiiana. "Quienquiera que haya usado esto era un tipo gordo." Tony se acomodó un sombrero hongo en la cabeza y sonrió al espejo. "Y mira este sombrero. Los abuelos debieron usarlos antes de que naciéramos, Linc."

Lincoln le dijo a Tony que se callara.

—Esto es un golpe, hombre —susurró Tony—. *Aliviánate*. ¡Ey, mira estos calzoncillos de boxeador!

Lincoln ignoró a Tony, quien sostenía en alto un par de pantaloncillos rayados como caramelo. Por su lado, él maniobró entre muebles desvencijados hasta llegar al televisor. Tony arrojó la prenda y siguió a Lincoln, que probaba el botón de encendido y jugueteaba con la antena de conejo. Examinó las marcas de crayolas —un arco iris de colores— en un costado del televisor. Recordó aquel día con claridad. Estaba aburrido después de tres días de lluvia y, sin pensarlo, usó una caja de cuarenta y ocho crayolas para que se viera bonita la tele, o al menos eso dijo después a su madre, mientras ésta le daba una tunda persiguiéndolo por las habitaciones.

Se miraron el uno al otro.

—¿Qué te dije? —exclamó Tony.

—Sí, es la nuestra —suspiró Lincoln. Hizo ruido con su chicle y miró al viejo—. ¿Qué crees que debemos hacer?

—Confrontarlo. Decirle al hombre que esto es tuyo.

Dieron una vuelta. El viejo estaba revolviendo una cucharada de café instantáneo en una taza. Se había quitado los guantes y Lincoln pudo ver sus manos amoratadas y temblorosas; tenía la piel tan delgada como el papel. El hombre miró hacia arriba y con el índice se limpió un ojo lloroso. Lucía enfermo.

—Tony, ¿cómo crees que él pudo haber robado la tele?

—Aquí la tiene, ¿no?

—Sí, aquí está. ¿Pero tú crees que él pueda husmear por ahí durante el día, buscando casas qué robar? Vamos, hombre, el tipo está enfermo.

—Linc, ¿cómo lo sabes?

Lincoln miró al hombre beber su café a través de una rendija en sus bigotes.

—Consiguió la tele de alguna manera, pero no quiero averiguarla.

Se alejó de Tony y tomó dos saleros desiguales. Los golpeó por la base y unos cuantos granos cayeron al piso.

—Yo sé cómo —dijo Tony. Se dio la vuelta y dijo bruscamente—. Oiga, señor, ¿dónde consiguió la tele? No le pertenece.

El viejo se tocó la oreja.

—¿Qué?

—Dije que ¿dónde consiguió la tele?

—¿Quiere los saleros?

—No, hombre, sáquese la cera. Estoy hablando de la tele.

Lincoln jaló con fuerza a Tony de la manga.

—Déjalo en paz. Ya te dije. No me importa para nada la tele ni ninguna otra cosa.

—¿Qué te sucede? —se burló Tony—: ¿Te estás suavizando, Linc? Sólo porque ahora vives entre gente blanca.

Lincoln sintió ganas de pegarle, pero en lugar de eso caminó hacia la puerta con los puños crispados. Estaba enojado con todo y con todos —el nuevo negocio de su mamá, la monotonía de su nuevo vecindario, el Franklin, el Colón, y ahora también hasta su carnal, Tony.

A Lincoln le habían enseñado que siempre debía de tratar a la gente mayor con respeto, sin importar si tenían o no razón. Y él no creía que aquel anciano hubiera robado la tele. El hombre apenas podía levantarse de su silla. ¿Cómo podría llevar a cuestas un televisor y salir silbando tranquilamente de una casa a plena luz del día? Probablemente la había conseguido por un par de dólares en alguna venta de garage.

Lincoln abrió la puerta de un tirón, haciendo que la campana sonara con fuerza y se alejó por la calle. Tony lo siguió, gritando:

—¡Escúchame! Linc. ¡Escucha! Yo sé que el tipo es un ladrón. Yo sé...

Sin tanto como un "márchate, tonto, antes de que te suelte uno", Lincoln despidió a Tony con la mano sin mirar hacia atrás. Siguió caminando y caminando hasta que las pisadas de Tony se apagaron y estuvo lejos de la tienda de cosas usadas, lejos de la casa de Tony y a kilómetros de su propia casa en Sycamore. Se hallaba ahora frente al Franklin con las manos metidas en sus bolsillos deshilachados, contemplando la escuela lleno de tristeza. Había asistido allí durante dos años, había peleado, había jugado, allí había encontrado a su primera chica. Los maestros, rudos a fuerza de enseñar a chicos de barrios urbanos, eran los mejores. Cuando reprendían, uno sabía que era por el bien propio.

Pensó en los años que habían pasado y saltó la barda en tres movimientos. Caminó hacia el edificio de la administración a través de corredores húmedos con olor a pobreza y notas bajas hasta donde los casilleros se erguían contra los muros. Se acercó a su viejo casillero. Estaba garabateado con iniciales, números de teléfono y corazones desproporcionados. Probó la combinación 3-7-17. Dio un tirón al cerrojo pero no se abrió. Se dirigió hacia el de Vicky. Probó su combinación 24-16-9 y el cerrojo cedió. Lentamente, con el corazón acelerado de emoción, lo abrió. Dentro, encontró unas calcetas enrolladas, un suéter y una pila de libros. Acarició el suéter y abrió un libro. Las páginas mostraron al hombre del camello con la cara arrugada y los dientes rotos.

"No me puedo apartar de ese tipo", pensó Lincoln al cerrar el casillero. Saboreó la idea de que él y Vicky estuvieran leyendo el mismo libro de geografía. Era como estar juntos todavía, codo a codo mientras hacían su tarea.

Bebió agua del surtidor y jugó basquet con algunos niños en una cancha de asfalto. Los dejó ganar —tres *chavalos* contra uno grande— y luego tomó un ruidoso autobús de regreso a Sycamore. ❖

Capítulo 7

❖ LINCOLN despertó la mañana del domingo por los arañazos de Flaco en la puerta. Escuchó el goteo de agua en el grifo de la cocina y el viento que golpeteaba las ramas del eucalipto contra la ventana de su habitación. Jalando las mantas bostezó, chasqueó la lengua contra el paladar y susurró somnoliento: "qué feo sueño". En su sueño, un oso negro lo había seguido a través de kilómetros de nieve resbalosa y acorralado finalmente contra un árbol, donde el oso lamía una herida abierta en la pierna de Lincoln.

Lincoln giró hacia el lado fresco de la almohada. Pensó en Tony. No debió haberlo tratado como lo hizo. No fue buena onda. Después de todo Tony trataba de ayudarlo.

Levantó la cabeza y miró el reloj sobre su cómoda. Indicaba 8:17. Poco a poco Lincoln salió de la cama, se puso un suéter sobre la camisa del pijama y recorrió el pasillo hacia la cocina, donde su madre, en bata de baño, ya estaba en la mesa con el periódico desplegado frente a ella.

Dio un sorbo a su café y preguntó:

—¿Quieres desayunar?

—Supongo —respondió Lincoln sin pensar.

—Bueno, ¿quieres o no? —Había cierta irritación en su voz. Se veía cansada, con círculos oscuros bajo los ojos.

Lincoln miró a su madre y le preguntó:

—¿A qué hora llegaste anoche?

Ella bajó su taza de café y replicó:

—Vamos a dejar clara una cosa. Yo soy la madre, tú eres el niño. Yo doy las órdenes y tú las obedeces. ¡Ay, muchacho!, no soy ninguno de tus amigos *punk*.

—Mis amigos no son *punk*.

—Son *punk*, y tú te estás portando como uno de ellos.

Lincoln no tenía ganas de discutir. Todavía estaba somnoliento y con frío. Se levantó y fue a la puerta principal para dejar entrar a Flaco, que había empezado a gemir y rascar en el mosquitero.

—Sí, quiero desayunar —dijo Lincoln, desplomándose de vuelta sobre su silla.

—¿Sí?, ¿es ésa una manera de pedir? Así hablan los *punk*.

Su madre dobló el periódico y procedió a abrir el refrigerador.

—¡Ven acá! ¡Pronto!

Lincoln suspiró, se levantó y fue al refrigerador seguido por Flaco.

—Yo traigo a casa esto y esto y esto. —Señaló el jamón, la leche, los huevos y los frijoles—. Ahora dime, ¿tú qué traes a casa?

Cuando Flaco trató de pescar el jamón, Lincoln tiró con rudeza de su collar y se dio la vuelta, murmurando:

—Está bien, no tengo hambre. Tú come tus alimentos.

—¡No me hables así! —gritó ella, azotando la puerta del refrigerador—. ¿Quién te piensas que eres?

"¿Por qué la gente sigue preguntándome eso?", pensó Lincoln. "Primero el entrenador Yesutis, ahora mamá." Caminó por el pasillo con Flaco cojeando a su lado. "Es una de esas mañanas...", caviló mientras cerraba la puerta de su habitación y trepaba de vuelta a la cama. Flaco dio vueltas a una pila de ropa, bostezó y se acomodó sobre ella, con las patas juntas y mirando con ojos tristes la abultada silueta de Lincoln bajo las mantas.

Lincoln yacía en la cama con las mantas sobre la cabeza. Respiró el calor. Se preguntó qué estaría haciendo Tony. Probablemente estaría en la cama con la cabeza hundida en la almohada, o tal vez se preparaba para ir a la iglesia. Lincoln se estremeció al recordar cómo había tratado a su viejo amigo. Lo borró de su mente. Con los ojos cerrados, Lincoln se imaginó al oso, con los dientes amarillos como llamas de vela, lamiendo ferozmente su herida. "Qué extraño sueño", pensó, y se volvió a dormir.

Cuando despertó, la casa estaba en silencio. Supuso que su madre había ido a misa. Su despertador marcaba las 12:15 y un viento invernal todavía golpeaba las ramas contra la ventana. Lincoln se estiró y bostezó ruidosamente, lo que contagió a Flaco que a su vez se estiró y bostezó, la lengua de fuera y arqueada hacia arriba.

Lincoln zigzagueó hacia la cocina. Se asomó al refrigerador pero lo volvió a cerrar cuando recordó que aquéllos eran los alimentos de su madre, no los suyos. Bebió un gran vaso de agua, se puso su ropa de entrenamiento, se pasó el peine por el cabello y salió de casa. Él y Flaco echaron a andar por la calle, a esas horas se encontraba silenciosa y desolada como un nido de pájaros abandonado. No se reuniría con Mónica en la primaria Cornell sino hasta las tres de la tarde.

Lincoln lanzó un palo y Flaco rengueó tras él, ensuciando aún más sus vendas. Después lanzó una piedra a un grupo de palomas que se arrullaban en un prado y alzaron el vuelo.

Se detuvo frente a la casa de James y gritó:

—¡James, James!, ¿estás en casa?

Después de un rato James salió frotándose las manos y quejándose:

—Hombre, hace frío. Va a llover.

Ambos miraron por encima de la red de árboles que alineaban la calle. El cielo estaba gris, duro como piedra.

—¿Qué pasa? —preguntó James—. ¿Saliste a correr?

—¿Con mi pie lastimado? No. Sólo estoy paseando a Flaco, o tal vez es al contrario. —Lincoln quería contarle lo de la pelea con su madre, pero decidió reservárselo.

—¿Por qué no pasas un momento? —ofreció James—. Mis padres acaban de regresar de la iglesia. Me están preparando algo de comer, un auténtico *venison*.

—¿Qué es *venison*? —preguntó Lincoln.

—Carne de venado.

Lincoln se encogió de hombros y dijo:

—Nunca la he probado. —Miró hacia Flaco—. Quédate aquí afuera, Flaco. Luego regreso.

Flaco se pasó la lengua por el hocico, golpeó su cola contra el césped y se tumbó en una pila de hojas.

Lincoln siguió a James dentro de la casa que estaba tibia y olía a pan y a carne. Un acuario burbujeaba en una mesa de café. Aretha Franklin cantaba en la radio en una habitación distante.

—¿Mamá? ¿*Jefe?* —llamó James. Le dijo a Lincoln—: Le gusta que le diga *Jefe*. Se cree *hipi*. —James llamó nuevamente—. *Jefe*, quiero que conozcas a un amigo. Un verdadero as.

Rumbo al comedor Lincoln oyó ruido de platos y sillas. Una carcajada del señor Kaehler. Lincoln percibió un suculento olor a comida y James susurró:

—Nos gusta comer bien los domingos. De hecho, cualquier día. Comer es su pasatiempo.

Sus padres, altos y de cara redonda le sonrieron alegremente a Lincoln. Ambos tenían vasos de refresco de naranja.

—Papá, éste es Lincoln. Juega con nosotros.

El padre de James extendió la mano y Lincoln se la estrechó. Volviéndose a su madre, estrechó también la de ella y se sentó a la mesa.

—Por favor, sírvete lo que gustes —dijo la madre.

La mesa del comedor estaba servida: ensalada de macarrón, tres quesos, aderezos y papas fritas, rollos franceses, un arroz *pilaf*, y una gruesa rebanada de lo que el padre de James describió como carne de venado traída del estado de Oregon. A Lincoln se le hizo agua la boca.

—Bueno, gracias, tal vez sólo una probadita.

Lincoln se empezó a servir mientras el padre de James le preguntaba sobre basquetbol, la escuela, su familia y su opinión sobre cómo les iría a los *49* de San Francisco en las series. El señor Kaehler estrujó una servilleta y la arrojó a un cesto de basura.

—Yo antes jugaba basquet, pero ahora esto es casi sólo lo que hago —dijo y se llevó una generosa porción a la boca.

Lincoln pensó en preguntarle al padre acerca de su trabajo, pero tuvo miedo de que hablara sin parar. Así que se volvió a la señora Kaehler y le dijo:

—James me comentó que tiene usted una tienda.

—Con un socio —respondió ella, destapando otra botella de refresco de naranja—. Importamos principalmente de Asia, pero ahora con el alza de los impuestos de importación...

—Los *49* lucen bien, aun con Montana lastimado —interrumpió el padre y tendió su vaso para que se lo llenaran de refresco.

Lincoln respondió que sí a todas las preguntas que le hicieron. Mordió un rollo francés y probó la carne de venado. Bebió un refresco, masticó un apio, se metió una aceituna a la boca y mojó una papa frita en el aderezo. Comió ensalada de macarrón y saboreó un encurtido. Suspiró por la buena vida y pensó: "Se la pasan bien estos amigos". Luego, después de dar las gracias, él y James se fueron a la sala, donde continuaron comiendo y jugando Nintendo.

—Son agradables —dijo Lincoln. Arrancó un pedazo de pan francés y lo mojó en una salsa de cangrejo. Mientras jugaban hablaron acerca del próximo partido contra el Franklin.

—Yo creo que jugaré una vez que los aventajemos —dijo James— el entrenador me llamará. "Serpiente" James. Seguro que los acabaremos.

—Tal vez —dijo Lincoln—. Pero creo que el partido estará más parejo esta vez.

—¿Cómo que "tal vez"? Son pan comido. La última vez les dimos duro.

—Bueno, puede que hayan mejorado.

—También nosotros.

—Pero el entrenador es muy tosco con nosotros. Es difícil trabajar con él.

—Nos está haciendo fuertes.

—No se entrena insultando a los jugadores. Y algunas veces creo que no sabe lo que hace. Sus jugadas son tontas. Espera a que juguemos contra un equipo negro. Ya verás.

Lincoln hizo a un lado su plato dándose palmaditas en el estómago.

—Sabes que se trata de mi vieja escuela. Ellos estaban jugando a medias la última vez. Recuerda que no fue un partido de liga. ¿Para qué mostrar lo mejor si no cuenta?

James manejaba los controles del Nintendo frenéticamente; su hombrecillo saltaba sobre obstáculos y enemigos. Ventanas de luz del televisor se reflejaban en sus ojos preocupados, porque estaba a punto de perder.

—¡Ay, hombre!, lo arruiné. Me ganaron los malditos.

Arrojó los controles a un lado. Lincoln inició un nuevo juego y su hombrecillo fue abatido en un minuto.

—No soy bueno, James. Mi mamá no me deja tener un Nintendo porque dice que es violento. ¿Te parezco violento, James? —contrajo el rostro en una expresión sombría y golpeó a James en el brazo.

James, actuando, se tiró al piso y dijo entre risas:

—Eres un chico problema. Necesitas ayuda.

—Eso estuvo muy bien, James —rió Lincoln mientras se levantaba—. Me tengo que ir. —Quería decirle a James que iba a ver a Mónica más tarde, pero decidió no hacerlo. No era asunto de James.

—Déjame enseñarte algo antes de que te vayas —dijo James. Condujo a Lincoln hacia su habitación que estaba muy limpia. Un solo trofeo se erguía en una repisa y una descolorida cinta de segundo lugar en natación colgaba de la pared. Sus zapatos estaban ordenados, por pares y contra la pared.

James fue hacia su clóset y sacó un bumerang. Medía casi un metro de largo, laqueado y duro como hueso.

—Está increíble —dijo Lincoln—. ¿Ya lo has usado?

—Algunas veces. En una ocasión le pegué a una ardilla con él.

—¿Y se murió?

—No lo sé. Trepó a un árbol hasta la mitad, pero se cayó y corrió hacia los matorrales.

Lincoln sostuvo el bumerang en sus manos, admirando su brillo y la dureza de su ángulo. Lo golpeó contra su muñeca y dijo:

—Caray, esto debe doler.

—¿Quieres probarlo? Podríamos ir al canal.

Lincoln pensó en Mónica.

—No, me tengo que ir. Tal vez después.

Los padres de James aún estaban sentados a la mesa, ahora miraban un juego de futbol en la tele. Lincoln estrechó la mano del señor Kaehler y agradeció a la señora Kaehler, diciendo que era una gran cocinera.

—Estaremos en el juego el martes —dijo el padre mientras acompañaba a Lincoln a la puerta—. James dijo que él va a jugar.

Lincoln miró a James.

—Tal vez.

—Voy a jugar —dijo James—. Lo dijo el entrenador.

Permanecieron en el umbral de la puerta, invitándolo a volver. Lincoln agitó la mano en señal de despedida y casi a la mitad de la calle se inclinó a quitar una hoja del collar de Flaco. Flaco olió la comida en el aliento de Lincoln y lamió su cara, en parte por cariño, pero sobre todo por el sabor de la carne. ❖

Capítulo 8

❖ CUANDO Lincoln volvió a casa, su madre aún no había regresado —su *Nissan Maxima* no estaba en la entrada. Deslizó un caset de Ice-T, su cantante de rap favorito, en el estéreo e hizo una rutina de lagartijas y luego sólo apoyándose en las yemas de los dedos. Enfrente del espejo del pasillo con la camiseta atada alrededor de su cintura, flexionó los músculos que estaban cortados por sombras y brillaban de sudor. Pensó, "así se ve mi papá", y sonrió.

Se duchó, se cepilló los dientes hasta que le dolieron las encías, y a las dos y media partió para encontrarse con Mónica en la escuela Cornell. Hizo girar su mejor pelota de basquetbol en la punta de su dedo índice. La pelota era una *Rawlings* de cuero que le había regalado del director del Franklin cuando Lincoln fue electo "Jugador del Año" y entró a la selección de la ciudad —el único jugador mexicano-americano, sonriendo entre los muchachos negros y blancos. Al salir hacia la calle Flaco lo siguió. Lincoln se volvió y le dijo "¡quédate!", y Flaco cojeó de regreso hacia el portal, con las orejas gachas.

Lincoln estaba nervioso. Le gustaba Mónica. Pensaba que era bonita y no podía creer en su buena suerte cuando ella le dijo que sabía jugar basquet.

Jugaremos "Alrededor del mundo", tal vez al "Caballo", y acabaremos con un "Veintiuno". A su antigua novia, Vicky, no le interesaba el basquetbol. Una vez él trató de enseñarle, pero le sacó sangre de la nariz cuando le pasó la pelota —suavemente, creyó él—; se le escapó de entre las manos y se estrelló en su cara.

Pasó la casa de James y pensó: "agradables personas". Caminó por la calle, pateando hojas y sintiéndose bien. Al aproximarse a Cornell su corazón empezó a latir con fuerza. Sus axilas estaban húmedas por el nerviosismo. Se detuvo frente a la escuela, respiró el aire invernal impregnado del olor a hojas y humo de chimeneas, y saltó la barda. Caminó a campo traviesa hacia las canchas de basquetbol.

"¡Caray! ¡Ya llegó!", murmuró para sus adentros. En su corazón había esperado, casi deseado, que ella no estuviera allí. Botó su pelota en la cancha. ¿De qué hablarían? Pensó que tal vez pudiera contarle acerca del *venison* que había probado en casa de James. Ella, a su vez, le preguntaría "¿Qué es *venison*? Él le diría que era carne de venado y después se jactaría de comer carnes exóticas con frecuencia. Se rió para sus adentros. Sonaba tonto. Las únicas carnes que él conocía realmente eran el filete y el salchichón. Nueve años de llevar sandwiches de salchichón a la escuela.

"Es tonto", murmuró para sí. "No podemos conversar sobre la carne de venado. Pondré mi boca en automático a ver qué pasa."

Empezó a trotar despacio, la pelota sujeta bajo el brazo, una sonrisa en el rostro.

—Hola —dijo Lincoln, pensando que ése era un buen comienzo.

—Hola, Lincoln —dijo Mónica. Su cara estaba enrojecida por el frío y su cabello despeinado por el viento. Dribló su pelota, una *Rawlings* sintética (advirtió él), saltó, esbelta como una corza y tiró. La pelota giró fuera del aro.

—¿Llegaste hace mucho?

—No, no tanto.

Lincoln hizo un tiro fácil. Dribló, luego se acercó a la canasta, saltó un metro y chasqueó los dedos cuando anotó.

—¿Fuiste a la iglesia hoy? —preguntó Mónica.

Se apartó el cabello de la cara con un movimiento de la mano. Lincoln pensó que era hermosa. Se dio cuenta de que no llevaba su anillo.

—Sí, a misa de ocho —mintió—. Siempre voy.

—¿A qué iglesia? —preguntó Mónica en la línea de tiro libre. Botó la pelota dos veces y apuntó.

—¿A qué iglesia? —repitió Lincoln. Dribló su pelota y dijo—: Pues a la que está cerca de mi casa.

El tiro de Mónica rozó la red.

—¿Cuál es ésa? Yo voy a la de San Jerónimo.

Lincoln trató de recordar el nombre de la iglesia a la que iba su madre. Era San algo. Hizo un tiro de revés. Se volvió hacia Mónica y dijo:

—San Jay. Ésa es.

—Nunca he oído hablar de un San Jay.

Lincoln se sintió tonto. Cambió el tema mientras se aproximaba a la línea de tiro libre.

—¿Qué crees que comí hoy?

—Me rindo.

Se detuvo y miró directamente a Lincoln. Su rostro estaba chapeado y feliz.

—*Venison.*

—¿*Venison?* ¿Quieres decir venado? —dijo ella perpleja. Dribló hacia el tablero e hizo un tiro de revés justo cuando la pelota de Lincoln alcanzaba el aro. Las bolas chocaron y salieron en direcciones opuestas. Mientras Mónica corría tras de la suya, preguntó:

—¿Cómo puedes comer carne de venado? Son tan bonitos.

—Sí, sí lo son —dijo Lincoln y casi añadió que tenían buen sabor también, en especial entre rebanadas de pan de centeno—. Fui a la casa de un amigo, tú lo conoces: James, y eso era lo que estaban comiendo. No pude decirles que no.

Lincoln decidió no decir nada más sobre iglesias y comida y tan sólo jugar basquetbol. Dijo:

—¿Qué tal un "Alrededor del mundo"?

—Bueno. Empieza tú.

—No, por favor, primero tú.

—No, yo dije que tú primero.

Lincoln dribló la pelota por entre sus piernas —no pudo resistir lucirse— y encestó su primer tiro. Avanzó a la siguiente marca; fue tan fácil que pudo haberlo hecho con los ojos cerrados. En la tercera marca falló y fue por un segundo intento. Consiguió ese punto y pasó a la línea de tiro libre y luego al extremo del círculo, donde falló y dijo: "*Ni modo*".

Era el turno de Mónica. Su primer tiro fue pan comido. El siguiente lo falló, pero consiguió reponerlo en otro intento. Se colocó en la tercera marca, luego en la línea de tiro libre, donde falló.

—¿Crees que debería intentarlo? —preguntó ella botando la pelota.

—Seguro —dijo Lincoln.

Probó y falló otra vez, lo que la mandó de regreso al comienzo.

—Maldición. Es por tu culpa.

—¿Mi culpa?

—Sí, tu me dijiste que lo intentara.

Lincoln decidió fallar desde el extremo del círculo. No quería llevarle tanta ventaja como para que ella quedara fuera de la competencia.

Mónica comenzó otra vez y avanzó hasta el extremo del círculo, donde falló. Lincoln, botando su pelota, concentrado, pensó: "ahora me toca a mí". Tiró y falló, y cuando lo intentó de nuevo, falló otra vez. Sonriéndole a Mónica dijo:

—¡Vaya!

Mónica anotó desde el extremo del círculo, el tiro más difícil del juego "Alrededor del mundo"; los siguientes eran fáciles. Luego debía regresar desde el final hacia el principio y ganó porque el avergonzado Lincoln no consiguió pasar del extremo del círculo.

Empezó a lloviznar abrillantando la negra cancha de asfalto. Luego jugaron al "Caballo" y como Lincoln era mejor tirador, ganó fácilmente.

La lluvia obligó a Mónica a ponerse la capucha de su sudadera, en cuyo frente se leía "Cal Berkeley". Ella se estremeció y dijo:

—Lincoln, la lluvia está arruinando el juego. Creo que mejor me voy.

Lincoln no quería detenerse. Sólo habían estado tirando y jugando media hora. Había esperado todo el fin de semana para este momento y ahora: lluvia.

—Juguemos rápido "Veintiuno", ¿sí?

Mónica se sacudió las manos.

—Bueno. Pero recuerda, no estoy en forma. No te burles de mí si lo hago mal.

Lincoln, driblando la pelota entre sus piernas, sonrió.

—No lo haré. Me iré despacio. Tú sacas.

Le pasó la pelota a Mónica y se sintió aliviado de que no se le escurriera de entre las manos y se estrellara en su rostro.

Mónica inició el juego driblando a la izquierda y luego cortando a la derecha. Tiró desde una distancia de dos metros, pero falló. Lincoln recogió la pelota y giró hacia la línea de falta antes de cortar lentamente hacia la izquierda y forzar un tiro de revés.

—Muy bien —dijo Mónica.

Lincoln estaba disfrutando aquello. Su cara estaba encarnada por el calor del juego. Le gustaba sentir aquel calor, el sudor en las cejas. Dribló hacia el perímetro del círculo y arrojó la pelota a Mónica cuando ella dijo:

—Checa esto.

Ella se la pasó de nuevo y él dio tres pasos y tiró. La pelota salió del aro. Mónica la recogió, la sostuvo y se abrió paso bajo la canasta. Lincoln, con los brazos extendidos, se movía a su alrededor. Cuando retrocedió un paso para dejarla tirar, ella saltó y su cabeza pegó contra la barbilla de él, haciéndolo caer de espaldas.

—¡Ay! —gritó él. Yacía sobre el asfalto con la pierna doblada bajo su cuerpo. Mónica se dejó caer de rodillas, preocupada:

—¿Qué sucedió, Linc?

Lincoln se sentó, parpadeando. Se miró las palmas de las manos, que estaban raspadas y rojas por el asfalto.

—Estoy bien, creo. ¿Cómo va el marcador?

—Linc, no seas loco. Ya no puedes jugar. Estás lastimado. Y mira la lluvia.

Lincoln miró hacia el cielo y se le empapó la cara de lluvia fría, que ahora caía con fuerza. La cancha estaba totalmente lustrosa y brillante.

—Sólo déjame descansar un segundo.

Mónica se puso de pie, con las rodillas mojadas.

—Lincoln, yo creo que deberías ir a casa a que te atendieran.

Lo ayudó a levantarse, lo que a Lincoln le gustó. Su mano, fría como estaba, era agradable al tacto y él se lo dijo.

—Ay, Lincoln, no seas tonto —dijo ella ruborizándose.

—¿Tienes novio? —Él podía oler su champú y su perfume.

—No, no tengo —dijo ella.

—¿Quieres tener uno?

Ella miró más allá de la cancha. Su pelota había rodado hacia las barras de equilibrio, donde dos chiquillos se columpiaban.

—Me tengo que ir. Te veo el lunes. ¿Seguro que estarás bien?

—Sí, seguro —respondió Lincoln sobándose la rodilla.

Mónica corrió a recoger su pelota. Pero cuando se disponía a irse, su cara mojada por la lluvia, dijo:

—Estaré en el juego contra el Franklin. ¿A quién le vas a ir?

Ésa era una buena pregunta. Lincoln se cuestionó qué lado debía tomar. Antes era un nativo del distrito Mission, pero ahora era un nativo que vivía en los suburbios y comía *venison* con *gavachos*.

—Cuando llegues a casa reposa tu pierna.

Mónica agitó la mano y saltó la barda. Eso también le gustaba: una chica que saltaba bardas. Lincoln cojeó hacia su casa; el dolor aumentaba. Cuando subió los peldaños de la entrada, su rodilla estaba hinchada y tiesa.

Flaco lamió las manos de Lincoln, ladró y lo siguió adentro de la casa. Roy y su madre estaban sentados en la sala oyendo música, con vasos de vino en las manos.

—Lincoln —dijo Roy amigablemente.

—Hola, hijo—saludó su madre alzando la vista.

Bajaron sus vasos y le sonrieron. Lincoln dijo:

—Me lastimé la rodilla.

Preguntaron al unísono:

—¿Qué pasó?

—Me lastimé jugando. —Lincoln se sentó en el sofá y se arremangó el pantalón. Tenía la rodilla morada como una cebolla—. Caray, me duele. Duele más que cuando me lastimé el dedo del pie. Probablemente no jugaré contra el Franklin.

—Beatrice, trae un poco de hielo —dijo Roy con gesto de preocupación—. Necesita desinflamarlo con hielo y luego remojarlo. —Se volvió hacia Lincoln y le preguntó—: ¿Cómo te caíste?

—Me resbalé. Está lloviendo.

Roy dijo:

—Sabes, no te lo había dicho antes pero yo jugaba en el Franklin.

Lincoln, desprevenido, fijó su atención en Roy, quien era lo menos parecido a un jugador, incluso imaginándolo en su juventud.

—¿En serio?

—Sí. En 1970. Era delantero. No del equipo titular, pero jugaba, aunque fuera para dar empujones y codazos. De hecho, jugué contra tu entrenador, ¿cómo se llama?

—Entrenador Yesutis.

—Sí, él. —Roy bebió de su vaso pensativamente y agregó—: Sí, era un verdadero *punk*.

—¿El entrenador Yesutis?

—Así es. Jugaba con el Colón, tu nueva escuela. Recuerdo un partido en que recibió una falta de uno de los nuestros y gritó despectivamente "¡hispano!" Toda la escuela lo abucheó. Estábamos jugando en nuestra cancha y casi todos eran mexicanos. Yo era el único blanco.

La mamá de Lincoln volvió a la sala con un paño lleno de hielos. Lo colocó en su rodilla y preguntó:

—¿De qué hablan, muchachos?

Cuando dijeron que de basquetbol se sentó en el sofá y tomó una revista.

Roy se dirigió otra vez a Lincoln.

—De todas maneras, uno de los nuestros, Frankie Pineda, que era un bocón, empujó a Yesutis, y Yesutis fue tan estúpido que le devolvió el empujón.

Entonces empezó la fiesta. —Roy acomodó el paquete de hielos en la rodilla de Lincoln—. Frankie lo golpeó en la cara, y alguno incluso bajó de las gradas para pegarle. Creo que Frankie fue expulsado de la escuela durante una semana.

—Caray, qué pena. ¿Lloró Yesutis?

—Sí, claro, como un bebé.

Lincoln pudo entender mejor por qué Yesutis parecía odiar al Franklin. Preguntó:

—Mamá, ¿me podrías servir un vaso con agua?

Ella se levantó y fue a la cocina. Estaba de mejor humor que por la mañana cuando se pelearon. Roy se levantó y la siguió. Lincoln escuchó que se reían y pensó que tal vez había estado equivocado acerca de Roy.

Regresaron a la sala y su mamá le dio un vaso de jugo de naranja con hielo.

—Esto te hace bien. —Levantó el paño para verle la rodilla e hizo una mueca. Le preguntó a Roy—: ¿Crees que deberíamos llevarlo al doctor?

—No. Llévalo mañana si todavía está hinchado. —Roy suspiró mientras se hundía en el sofá afelpado—. Yo también me desgarré la rodilla un domingo. Jugando futbol en el parque Golden Gate, por una tacleada de un gordo de Daly City. No puedo usarla mucho. Por eso es que tengo esto. —Se dio unos golpecitos en la panza, redonda como una pelotita.

—Espero que eso no me suceda a mí. O sea, ojalá que mi rodilla quede bien.

—Se ve magullada, pero estarás bien. —Luego añadió—: ¿Y cuándo juegas contra el Franklin?

—El martes —respondió Lincoln.

—Pero, con tu rodilla así tal vez no te deje jugar el entrenador.

Lincoln lo pensó por un momento. El entrenador Yesutis probablemente se molestaría. O tal vez no.

Lincoln se metió a remojarse en la tina. Después de comer vio la televisión y luego empezó la tarea. Tenía tarea de matemáticas y una composición sobre Egipto para geografía. Egipto, donde el río más largo del mundo fluía y fluía. ❖

Capítulo 9

❖ POR LA mañana la rodilla de Lincoln todavía estaba hinchada y le punzaba. En la cama, se recostó sobre la cadera viendo la pared. Tenía miedo de mirar su rodilla. Al final, se incorporó hasta quedar sentado, se estiró, bostezó y apartó las cortinas para ver el día. La tormenta vino y se fue, dejando un cielo frío y azul como el océano.

—Lincoln —llamó su madre. Estaba preparando algo en la cocina—. Son más de las siete. *¡Ándale!*

Lincoln retiró las cobijas y se arremangó con cuidado el pantalón del piyama. Esperaba que la rodilla no se viera tan mal como se sentía.

—Caray —murmuró. La rodilla estaba hinchada y amoratada, dura como una nuez. Estaba peor de lo que esperaba. Lentamente sacó las piernas de la cama y se levantó tembloroso. Abrió un cajón, sacó un suéter y se lo puso. A Lincoln no le gustaban las batas. Le parecían cosa de viejos.

Mientras recorría el pasillo pudo escuchar el siseo y crepitar de las papas. Percibió el olor de cebollas verdes y su estómago protestó de hambre. La comida china de la noche anterior, tan sabrosa, no había hecho mucho por él.

Lo mismo la pizza: podía comer cinco rebanadas pero nunca se sentía satisfecho, sólo lleno.

—Lincoln —dijo su madre—, sírvete un vaso de leche. —Miró su rodilla, mientras él se sobaba—. ¿Cómo está? ¿Todavía te duele?

Lincoln respondió que sí cojeando hacia el refrigerador. El cartón de leche estaba casi vacío, así que en lugar de tomar un vaso bebió del cartón.

—¡Ay, *cochino*! —dijo su madre. Deslizó los huevos y un montón de papas humeantes en un plato.

El periódico estaba sobre la mesa. Buscó la sección deportiva y meneó la cabeza cuando leyó: "*Warriors* arrasados". Los *Warriors*, como siempre, habían perdido frente a los *Lakers*, y por mucho: 129-102.

Flaco gemía en el portal. Lincoln pensó en dejarlo entrar, pero no se sentía como para caminar el trayecto entre la sala y la puerta principal. Le dolía la rodilla y, además, el desayuno estaba listo. Se sentó y vertió una poca de *catsup* sobre sus papas. Encima añadió salsa picante y empezó a comer.

Su madre se sentó con otra taza de café.

—Si tu pierna no está mejor mañana, vas a ir al doctor.

—Estará bien —masculló Lincoln.

—En serio. Vas a tener que ir.

A Lincoln no le gustaban los doctores. Prefería quedarse en cama con fiebre, gripe, envenenamiento de la sangre o huesos rotos, que ver a un doctor. No le gustaban las inyecciones. Prefería que le rompieran la boca en alguna riña tras la barda, que ver a una enfermera aproximándosele con una jeringa centelleante con un extraño líquido.

Lincoln pasó una tortilla por el plato, untándola de yema de huevo. Miró a su madre, se limpió la boca con el pulgar y dijo:

—¿Puedes escribirme una nota?

—¿Una nota?

—Quiero quedarme en casa. —Bebió el resto de la leche del cartón y añadió—: Sólo por la mañana. Iré a la escuela por la tarde.

Pensaba en el entrenamiento de basquetbol. Tenía que estar allí. Era el día antes del juego y si no aparecía el entrenador podría pensar que tenía miedo de jugar contra el Franklin.

—Déjame ver tu rodilla —pidió su madre.

Lincoln se recargó en el respaldo de la silla y, respingando de dolor, se arremangó el pantalón del piyama.

—¡Ay, Dios! —dijo ella, dejando su taza de café en la mesa—. Es mejor que te quedes en casa todo el día.

—No puedo, mamá. Tengo que ir al entrenamiento.

—No puedes correr con esa rodilla.

—No pienso hacerlo. Me pondré el uniforme, pero no jugaré.

Era mentira. Si el entrenador Yesutis le decía que jugara, no tendría alternativa.

Mientras su madre se preparaba para el trabajo, Lincoln cojeó por el pasillo y buscó el número de Mónica en el directorio telefónico. Había seis Torres y tuvo que llamar a tres antes de dar con el correcto. Temía que le contestara su mamá o, peor, su papá. Pero contestó Mónica.

—Hola, Lincoln. ¿Cómo está la pierna? —preguntó ella. No parecía sorprendida de que él la hubiera llamado—. Siento mucho que te hayas lastimado.

—Es mi rodilla, no mi pierna. —Lincoln respingó al sentarse en el sofá—. No iré a clases por la mañana.

—¿Vas a ir al doctor?

—No. Sólo voy a descansar. Pero iré a la escuela por la tarde. ¿Puedo verte a la hora de la comida? —En el fondo podía escuchar el sonido de la secadora, era la madre de Mónica alistándose para salir.

—Estaré en la biblioteca. No hice mi tarea de inglés durante el fin de semana. —Mónica hizo una pausa—. ¿De veras comiste venado?

—Sí. Estaba rica. ¿No me crees?

—Realmente no. Tampoco te creí cuando dijiste que habías ido a la iglesia. No existe ningún san Jay.

Lincoln se mordió el labio para no reírse.

—Sí, bueno, tal vez no fui a la iglesia, pero sí comí carne de venado. Ve y pregúntale a James.

—Suena horrible. Y cruel.

—Era lo que estaban comiendo sus papás. No podía decirles: "No, yo no como venado, por favor denme salchichón".

Mónica rió suavemente y dijo que lo vería en la escuela.

Lincoln colgó y ahogó la risa por haber sido descubierto en una mentira. No había ido a la iglesia en casi un año.

Regresó a la cocina donde su madre estaba buscando las llaves. Un halo de perfume flotaba en su derredor.

—Mamá, te pasaste de perfume.

Se abanicó la cara con la mano y se tapó la nariz.

—A la gente le gusta —dijo ella sin levantar la vista. Su boca estaba perfectamente delineada por el lápiz labial y su cabello, desordenado sólo unos minutos antes, estaba cepillado y arreglado. Una pulsera cara, regalo de Roy, tintineaba en su muñeca. Se alisó el vestido y quitó una pelusa de su manga.

—Me regreso a la cama —dijo Lincoln—. El desayuno estuvo muy bueno. Lavaré los platos más tarde.

—Reposa tu pierna —le aconsejó su madre mientras se apresuraba por el pasillo para tomar su cartera y su portafolios del armario—. Te llamo más tarde. Adiós.

Lincoln regresó a su habitación, donde se acostó con un quejido cuidando de no lastimar su rodilla. Escuchó el abrir y cerrar de la puerta principal, un momento después oyó un *cric-cric* en el piso de la cocina. Era Flaco, buscando su comida. Lincoln sonrió y rió sin motivo. Estaba contento de tener a Flaco, aunque fuera un regalo de su padre, al que no había visto en años.

Flaco asomó la cara en la habitación de Lincoln. Sus ojos rebosaban de húmeda ternura. Ladró y movió la cola. Lincoln se levantó, fue a la cocina y frió un huevo para Flaco.

—Flaco, eres un cerdito —comentó Lincoln juguetonamente. Le revolvió la pelambre mientras el perro engullía con ruidosas zampadas. Presionó su pata herida y, ya que Flaco no se quejó, decidió quitarle la venda sucia, inservible. Flaco siguió comiendo en tanto Lincoln cortaba y desenredaba la venda. El pelo estaba húmedo y enmarañado, pero la pata parecía curada.

—Estás como nuevo —dijo Lincoln sonriendo mientras se lavaba las manos en el fregadero de la cocina—. Ninguna motocicleta puede contigo.

Lincoln regresó a su habitación y volvió a meterse en la cama. Puso un caset de Ice-T, pero la música estaba demasiado fuerte y lo perturbaba con su rap sobre las drogas en la calle. Le recordó a Tony, que también disfrutaba a Ice-T. Pensó en él. Se imaginó a su *carnal* rumbo a la escuela sin cargar libros. Iría caminando por la calle Dolores, eludiendo borrachos y vagos. Pasaría frente a la tienda de usado, donde tal vez espiaría por el escaparate; dentro, el viejo estaría sentado en su silla reclinable.

En la quietud de una mañana de lunes sin escuela Lincoln se quedó dormido. El calor de las dos cobijas lo hizo sudar y su sueño fue denso y profundo.

Despertó cuando escuchó el arrastrarse de una silla. Sonaron pasos en la cocina y creyó oír el ruido de un periódico. Medio dormido se incorporó sobre un codo al tiempo que Flaco bajó de un salto y comenzó a ladrar. Lincoln escuchó una voz y se preguntó por que estaría su madre en casa. "Tal vez me vino a dar una vuelta", pensó. Se levantó despacio de la cama, enderezando el cuello del suéter que todavía tenía puesto. Se miró al espejo y se pasó los dedos por el cabello.

Fue cojeando hacia la cocina y se sorprendió al enfrentar a un hombre mirándolo, sólo mirándolo, con un desarmador en la mano. La sudadera del hombre estaba salpicada de pintura, pero sus vaqueros eran azul oscuro y nuevos.

—¿Quién eres? —preguntó Lincoln en voz alta—. ¿Qué estás haciendo?

El intruso se volvió rápidamente enviando una silla al suelo y se apresuró hacia la puerta principal, con paso decidido, Lincoln, cojeando tras él, le arrojó la taza de café de su mamá, que se estrelló contra la pared por encima de la cabeza del hombre. Lincoln deseó haber tenido el bumerang de James. Podría haber tirado al tipo ese como a una ardilla. Abrirle los sesos de ladrón.

El intruso no miró atrás. Cruzó la puerta y bajó los peldaños del portal, antes de que Lincoln pudiera detenerlo.

—¡No regreses! —gritó Lincoln, con los puños crispados—. ¡Te irá muy mal!

Recogió un aspersor y lo arrojó tan lejos como pudo. El aspersor dio una voltereta y levantó el césped. No era como un bumerang. El intruso rodeó, ileso, la valla del señor Schulman.

Lincoln, con el pecho oprimido, se quedó en los escalones con Flaco a su lado. El intruso se había ido. De nuevo el vecindario estaba apacible. Dos gorriones se alimentaban en los arbustos y algunas hojas revoloteaban en el césped invernal.

"Es una pena", pensó Lincoln. Aquello que los había alejado de su antiguo barrio, les había vuelto a suceder en Sycamore: un robo. Entró a su casa para enderezar la silla y tratar de juntar las piezas de la taza de café. ❖

Capítulo 10

❖ LINCOLN aseguró con clavos la puerta principal, que el intruso había forzado; su aliento se veía blanco en el aire frío. Flaco yacía sobre los peldaños con las patas recogidas. Parpadeaba cada vez que el martillo golpeaba contra la madera.

—No lo puedo creer... la gente está siempre tratando de robarnos —murmuró Lincoln mientras retrocedía y examinaba la puerta. Estaba rota. Entró por la puerta trasera.

Llamó a la oficina de su madre y escuchó la grabación de la contestadora automática: "Por el momento no hay nadie en la oficina, pero si usted..." Lincoln colgó. No se sentía de humor como para hablar con una máquina, aunque tuviera la voz de su madre.

Zigzagueó hacia la cocina, abrió el refrigerador, echó una ojeada y lo cerró sin animarse a acometer un plato con restos de pollo. No tenía hambre. Su corazón había recuperado su ritmo, pero seguía sintiéndose alterado. Dobló una cuchara formando una U y la arrojó en el fregadero. Deseó haber atrapado al tipo. Luego pensó: "No, él probablemente tendría una pistola o un cuchillo".

Lincoln intentó comunicarse otra vez a la oficina de su madre y luego se vistió, metió sus ropas de entrenamiento en su mochila y se encaminó hacia la escuela, requeando. Faltaba un cuarto para las doce y Mónica lo estaría esperando en la biblioteca. Se imaginó a sí mismo como Frankenstein, aunque sin puntadas en la frente ni electrodos en el cuello. Tuvo que reírse, pero se crispó de dolor al pisar torpemente una piedra. Entonces caminó con más cuidado.

Miró en torno, ansioso, porque pensó que tal vez el tipo regresaría. Quizá no. Lincoln lo había asustado. Vio a un individuo con vaqueros y una chaqueta de los *49* subir a un Nova azul modelo 66. ¿Sería él? La mente de Lincoln se disparó. Memorizó la matrícula del auto mientras éste se alejaba dispersando hojas. "Pero", razonó Lincoln, "ningún ladrón se quedaría cerca de la escena del crimen, especialmente en Sycamore".

Se detuvo en el *7 eleven* a comprar chicles y un refresco, que bebió fuera de la tienda, cerca del bote de basura. Un tipo bajó de un automóvil. Lincoln se preguntó si podría ser el ladrón. Pero el tipo llevaba vaqueros rotos en las rodillas y los del ladrón eran nuevos. Miró su reloj: 11:55. Lincoln se terminó el refresco y apresuró el paso.

En la escuela, entregó la nota de su madre en la oficina, a la secretaria.

El director, el señor Kimball, se arremangaba los pantalones cuando pasó junto a Lincoln.

—Vamos a apalear al Franklin, ¿verdad, señor Mendoza?

—Sí —dijo Lincoln sin mucha energía. No se sentía como para hablar de basquetbol.

—Vamos, ¿dónde está ese espíritu? —preguntó el director mientras desaparecía por la puerta. Como era la hora del almuerzo los estudiantes empezaban a llenar el pasillo.

Lincoln agradeció a la secretaria por su tarjeta de admisión rosa y se dirigió a la biblioteca. Mónica estaba en una mesa, mordiendo furtivamente una manzana, pues estaba prohibido comer en la biblioteca.

Mientras se le aproximaba, ella levantó la vista, su cara sonrosada y feliz. Golpeó su lápiz contra la superficie de la mesa.

—¿Cómo está la rodilla? Siento mucho haberte hecho tropezar.

—No me hiciste tropezar. Yo me caí. —Se sentó, dejando su mochila en una silla vacía. Quería contarle lo del robo en su casa pero no sabía cómo. Alzó la vista hacia el reloj.

Por el rabillo del ojo pudo ver a la bibliotecaria en su escritorio, con un suéter sobre los hombros. Él se quitó el suyo y dijo:

—Hace calor aquí.

—¿Pasa algo? —preguntó Mónica apartando sus libros. Lo miró con preocupación—. Tu rodilla no está tan mal, ¿o sí?

—Está mal, pero ése no es el problema.

—¿Entonces cuál es?

Lincoln miró nuevamente el reloj.

—No quiero hablar de eso.

—Vamos, Linc —le animó ella cariñosamente. Él advirtió que su rubor brillaba más en una mejilla que en la otra.

—Dije que no quiero hablar de eso —le espetó.

La sonrisa de Mónica se abatió.

Lincoln trató de tomar su mano, pero ella la apartó. Se sintió miserable. Su rodilla estaba herida, su casa a punto de ser robada, Tony ya no era su *carnal*, y ahora Mónica estaba enojada. Lincoln se levantó, fingió una sonrisa, recogió su suéter y su mochila, y dijo:

—Tengo tarea que hacer. Te veré más tarde.

Se dio la vuelta y salió de la biblioteca. Sabía que era tonto levantarse y dejarla. Ahora ella pensaría que era un idiota. Pero no pudo evitarlo. Retornó al edificio de la administración, donde la secretaria comía palomitas de maíz y leía una revista. Era su hora de comer. Lincoln dudó en molestarla.

—Señora Diggers, ¿puedo usar el teléfono? —Quería intentar otra vez decirle a su madre lo del robo.

Ella volvió algunas páginas de su revista y, sin levantar la mirada, dijo:

—No, conoces las reglas.

Las reglas consistían en que no podías usar el teléfono a menos que tuvieras una pierna fracturada, anteojos rotos o que, en resumen, estuvieras a un paso de la muerte. El año anterior uno de los muchachos, fingiéndose enfermo, había usado el teléfono para ordenar una pizza. El director y la secretaria tuvieron que pagarla cuando llegó. Aquello fue el colmo.

Lincoln se marchó sin insistir. Dejó la mochila en el piso mientras se ponía el suéter. El cielo estaba otra vez gris como pizarra. Durante el resto de la hora de la comida Lincoln permaneció sentado en una banca de cemento, afilando el palo de una paleta hasta formar con él un cuchillo de madera, pensaba en Tony y en el juego de basquetbol del día siguiente. Se podía imaginar a Tony corriendo a uno y otro lado de la cancha, y al entrenador Ramos palmeando las manos y diciendo a sus muchachos que jugaran rudo.

Cuando sonó la campana Lincoln entró a clase de geografía, donde se enfrentó a un examen de opción múltiple de treinta preguntas que consideró pan comido. Jugó con el lápiz entre las manos, sintiéndose inteligente. Había estado leyendo sobre Egipto durante mucho tiempo.

Después de geografía, entró a ciencias y aprendió por vez primera que la Tierra giraba alrededor del Sol. Él siempre había pensado que era al contrario.

Tenía muchas dudas sobre esa materia. Se preguntaba, por ejemplo, cómo los ríos podían correr colina arriba. Y por qué las nubes flotaban cuando estaban cargadas con galones de agua. Pero le era difícil formular las preguntas.

La campana mandó a los estudiantes fuera de los salones, a rondar y platicar en los pasillos, antes de la siguiente clase. Lincoln se levantó lentamente. Cuando se echó la mochila al hombro sus *Air Jordans* le golpearon la mandíbula. Se acomodó la mochila y cojeó hacia la puerta.

Rumbo a la clase de inglés vio a Mónica en el pasillo. Parecía preocupada y se mordía una uña roja. Lo llamó: "Lincoln, quiero hablar contigo", pero él la ignoró y se apresuró sintiendo una chispa de dolor en la rodilla. Cuando volteó a mirar si lo seguía, ella ya no estaba allí.

Inglés era su última clase antes del entrenamiento. Lincoln caminó lentamente hacia el gimnasio. Encontró al entrenador Yesutis, lanzando tiros a la canasta, la cara sudorosa, su traje gris de entrenamiento abultado holgadamente bajo su cuerpo rechoncho. Tiró desde tres metros de distancia y falló. El entrenador volteó al escuchar pasos.

—Vístase, Mendoza.

El conserje pasaba una jerga por el piso del gimnasio que brillaba y olía a barniz nuevo. El calefactor, desde lo alto, aventaba aire caliente y polvoso.

—Entrenador, tengo que hablar con usted —dijo Lincoln, dejando que su mochila se deslizara hasta el suelo. Recordó la historia de Roy de haber jugado basquet con Yesutis. De pronto, Lincoln cayó en la cuenta de que el banderín del campeonato de 1970 en el Franklin, correspondía al año en que el entrenador Yesutis había abierto la boca y Frankie Pineda lo había golpeado por denigrar a los mexicanos. Fue el año en que el Franklin había ganado el campeonato peninsular y el Colón había sido subcampeón.

El entrenador Yesutis botó la pelota de una a otra mano, haciendo una maniobra lenta que alguno de los de tercer grado podría igualar.

—¿De qué se trata?

—Me lastimé la rodilla. Está bastante mal.

El entrenador se puso la pelota bajo el brazo y ordenó:

—Vístase. Usted no tiene tiempo para lastimarse.

—Es serio. —Lincoln se arremangó el pantalón—. Véalo.

El entrenador no se molestó en mirar. En cambio se fue a tirar a la otra canasta cuando el conseje empezó a limpiar la parte de la cancha donde él estaba. Gritó:

—Vamos, no sea llorón. Vístase, Mendoza.

"Llorón", pensó Lincoln. "Sé más sobre usted de lo que se imagina."

James y Durkins entraron con Grady. Estaban comiendo dulces y papitas, chupándose los dedos.

—¡Ey, Linc! —gritó James.

Lincoln los saludó forzando una sonrisa. Y todos juntos fueron a los vestidores, donde Lincoln se sentó en una banca con la cabeza entre las manos. No sabía qué hacer. Si se iba, el entrenador lo acusaría de no enfrentarse a una situación difícil. Si se quedaba, podría lastimarse la rodilla todavía más. Lincoln golpeó el casillero y marcó la combinación.

Se vistió y salió a la cancha, tratando de no cojear. Tomó una pelota de una bolsa de lona del ejército y empezó a botarla, probando su rodilla. Bajo las luces la rodilla se veía más amoratada que nunca.

Entonces Lincoln recordó a su madre. Le pasó la pelota a Grady y fue a la oficina del entrenador para usar el teléfono. Marcó rápidamente, porque no quería que el entrenador viniera y lo increpara por usar el teléfono sin pedir permiso.

Al cuarto timbrazo contestó su madre.

—Mamá, malas noticias. Entraron a robar en casa.

—¡Qué! —gritó ella—. Espérame un momento… —Lo dejó en la línea unos instantes—. ¿Nuestra casa?

—Sí, un tipo forzó la puerta. La clavé para cerrarla, tendrás que usar la puerta trasera.

—¿Qué estabas haciendo? ¿Estabas en casa?

Avergonzado, le dijo que había estado durmiendo. Levantó la vista hacia el reloj. Eran las 3:42.

—Mamá, me tengo que ir.

—¿En dónde estás?

—En la escuela. Entrenando.

—Quiero que me alcances en casa de inmediato.

Lincoln miró el escritorio del entrenador. Vio la formación para el juego contra el Franklin y él estaba entre los titulares. Levantó la vista y vio una fotografía de Yesutis junto a Chris Mullings. Yesutis sonreía como un tonto.

—No puedo, mamá. Estoy practicando.

—Más vale que vengas —dijo ella amenazadoramente—. ¿Te lastimó?

—No, estoy bien. Pero le arrojé tu taza de café y se rompió.

—¿Le diste?

—No, le fallé al *vato*.

—¿Llamaste a la policía?

Lincoln ni siquiera pensó llamar a la policía. En su antiguo vecindario uno sólo llamaba a la policía cuando alguien había sido atropellado o asaltado. O estaba muerto.

—No, no la llamé. Mamá, iré a casa apenas termine el entrenamiento.

Colgó sin decir adiós y regresó a la cancha, donde hizo algunos tiros y trató de correr entre los atacantes sin cojear. Pero su rodilla le estaba molestando y, después de veinte minutos, se sentó sin permiso. El entrenador Yesutis lo miró furioso. Lincoln se sobó la rodilla hinchada y se pasó una toalla por la cara, mientras miraba correr a sus compañeros.

Cuando terminó la práctica, el entrenador señaló a Lincoln y dijo:

—Mendoza, no vas a jugar mañana. No sabes aguantar.

Lincoln levantó la vista.

—Por mí está bien. El Franklin va a ganar. Como en el setenta.

—¿De qué hablas?

—Usted sabe. Cuando usted jugó.

—¿A qué te refieres?

—*Hombre*, usted sabe a lo que me refiero.

El entrenador se mojó los labios estudiando a Lincoln, quien no apartó la mirada. El gimnasio se quedó en silencio. El calefactor se había apagado y la respiración de los jugadores sudorosos se normalizó. Murmurando, el entrenador dio la vuelta, enrolló una toalla sobre sus hombros y se fue a su oficina.

Los otros jugadores, con toallas y pelotas en los brazos, pasaron junto a Lincoln. No sabían qué decirle. Lincoln se quedó postrado en la banca, un escalofrío recorría su espalda ahora que el sudor se había secado.

Fue el último en ducharse. Cuando James le preguntó si quería que caminaran juntos a casa, Lincoln lo despidió con la mano sin siquiera mirarlo. Quería estar solo. Se sentó en el vestidor, mirando sombras que se arrastraban por el piso de cemento. Luego se marchó cojeando en la oscuridad. ❖

Capítulo 11

❖ CUANDO Lincoln llegó a casa, Roy estaba en el portal atornillando nuevos goznes a la puerta principal. Flaco lo observaba. La mamá de Lincoln, de rodillas y enfundada en una chamarra para esquiar, sostenía una linterna fija en el trabajo de Roy. Levantó la vista, deslumbrada, vio a Lincoln. Dejó salir un suspiro

—¡Ay, ya llegaste! —y añadió—: ¿Estás bien? Dime qué sucedió.

Lincoln subió los escalones cuidando no doblar la rodilla y tomó la linterna de manos de su madre. Mientras pasaba la mano libre por el lomo de Flaco, que estaba húmedo de juguetear por el césped, observó lo que Roy hacía.

—Bueno, me desperté y el tipo estaba dentro de la casa. Flaco estaba ladrando. Yo dormitaba en la cama y pensé que eras tú, mamá.

—¿Yo?

—Sí, pensé que habías regresado a buscar algo.

Lincoln ayudó a sostener la puerta en tanto Roy, con la cara enrojecida por el esfuerzo, apretaba un tornillo. Roy miró a Lincoln y Lincoln miró a Roy; sus alientos se mezclaban en el frío aire nocturno. Ambos dijeron "hola" y sonrieron.

Entraron a cenar enchiladas, sopa y frijoles. La madre de Lincoln había vuelto a casa temprano, después de la llamada telefónica, y tuvo tiempo de hervir frijoles y descongelar carne. Lincoln y Roy se agasajaron como guerreros hambrientos.

La madre de Lincoln aún estaba preocupada. Estrujó su servilleta hasta que se deshilachó.

—¿Creen que regrese?

Ni Lincoln ni Roy levantaron la vista al decir "no". Estaban ocupados sopeando la carne con pedazos de tortilla.

—¿Creen que opere en esta zona?

Nuevamente Roy y Lincoln gruñeron un "no".

La madre de Lincoln dijo:

—Le quitaste la venda a Flaco. ¿Cómo está su pata? —Flaco estaba echado cerca del gabinete donde cortaban la carne, parpadeando con ojos tristes. Más tarde recibiría un puñado de sobras antes de ser enviado al portal trasero.

—Su pata está mejor.

Roy, pasando su servilleta sobre la boca, preguntó:

—¿Cómo está tu rodilla?

—Me duele. El entrenador Yesutis me hizo practicar. Pero yo me detuve cuando me empezó a doler más. —Lincoln apartó su plato—. Dice que no voy a entrar al juego.

Roy dejó caer la servilleta en su plato vacío y mordisqueó su último pedazo de tortilla.

—¡Qué tipo! Ahí estaré mañana para ponerle el alto si te causa problemas.

A Lincoln le gustó eso. Se imaginó a Roy y a su entrenador tirándose golpes enfrente de toda la escuela. Recogió los platos, pero cuando empezó a lavarlos su madre lo reemplazó.

—Ve a tomar un baño de tina. Necesitas remojarte la rodilla.

Lincoln se sintió aliviado. Estaba cansado. Dejó correr el agua muy caliente y casi chilló al introducirse en la tina llena de burbujas. Se remojó, se restregó y se relajó con placidez. El agua estaba deliciosa.

Después de que salió, se secó y vistió, fue hacia la sala peinándose. Su madre comentó:

—Ah, se me olvidó decirte que tienes una carta. Está en la repisa.

Lincoln recogió un sobre pequeño, sin remitente. Lo abrió, sacó cuatro billetes mugrientos de a dólar. Era de Tony: la deuda estaba saldada. Lincoln se volvió hacia su madre cuando ella preguntó:

—¿De quién es la carta?

—No es una carta. Contiene sólo dinero. ¿Recuerdas la apuesta sobre los 49 que hice con Tony? Me la pagó.

Roy, que estaba en el sofá, agitó el periódico y dijo:

—Sí, recuerdo aquel juego. Los 49 los acabaron.

Su madre comentó que no recordaba. Le preguntó a Lincoln si quería postre, él dijo que no. Dio las buenas noches, fue a su habitación e hizo su tarea de español, la más fácil, y parte de su tarea de inglés, la siguiente más fácil. Pero no podía apartar a Tony de su mente. Recordó la vez en que, a los siete años de edad, fueron de puerta en puerta, buscando trabajo con una escoba y sonrisas de niños pobres. Se habían imaginado que serían ricos para la hora de la comida. Pero sólo fueron contratados para barrer una entrada, por lo que les pagaron un dólar. Compraron un refresco y una bolsa de semillas de girasol, y se sentaron en las gradas de una cancha, mirando a los muchachos grandes correr por el pasto, riendo y pegándose entre sí, con bates de plástico.

Lincoln cerró su libro y, suspirando, apagó la lámpara. Cerró los ojos e imágenes de Tony vinieron a su mente mientras se quedaba dormido.

A la mañana siguiente su madre vino a la habitación.

—Déjame ver esa rodilla.

—¡Ay! Tienes las manos frías —gritó Lincoln, frotándose los ojos, cuando su madre le tocó la pierna bajo las mantas.

Le subió el pantalón del piyama y observó su rodilla, su ceño se frunció con preocupación:

—¿Duele?

Lincoln levantó la pierna y dijo:

—Sólo cuando hago esto. —Hizo bizco con los ojos y sacó la lengua.

—¡En serio! —lo interrumpió su madre.

—No, está bien.

Se incorporó sobre los codos y apartó la cortina. El día estaba nublado y frío, pero los árboles estaban quietos: ni viento ni hojas revoloteando ni ardillas saltando de rama en rama.

Su madre salió de la habitación diciendo:

—Más vale que limpies tu habitación. Está sucia. *¡Ándale!* Te prepararé el desayuno.

Lincoln se levantó con mucha calma. Cojeó hacia la cómoda y sacó una camiseta limpia, calcetines y vaqueros. Recogió un suéter del piso, le olió las axilas y decidió que no estaba tan mal.

Desayunó y se fue a la escuela. Le aterraba la idea de toparse con Mónica, así que caminó escurriéndose por los corredores entre clases. Se sintió tonto. ¿Por qué la habría rechazado? Entre historia y español casi chocan el uno con el otro. Mónica, que reía con una amiga, se detuvo súbitamente, bajó la vista y se alejó, dejando a Lincoln mordiéndose el labio.

Se comió su almuerzo en una banca de cemento. Podía escuchar la banda que animaba la cafetería e imaginó a las bastoneras saltando como los gorriones que veía en el prado seco. Mordió su sandwich —de atún en esa ocasión— y arrojó migajas a los gorriones, que se dispersaron y volvieron para picotear su regalo. Comió papas fritas en salsa de *barbecue* y se preguntó qué aliento tendría. Sandwich de atún y papas a la *barbecue*: una combinación mortal. Alcanzó la bolsa de su almuerzo y se alegró de encontrar una manzana, aunque estaba magullada.

Durkins pasó con un hot-dog en la mano.

—Oye, amigo —dijo—. ¿Por qué que no estás en la cafetería? El entrenador va a presentar a los jugadores.

Lincoln mordió su manzana y dijo:

—No me gustan esas cosas.

Durkins se aclaró la garganta.

—Es una lástima que no abras el juego.

—Mejor. De todas maneras, no me gusta decirlo pero creo que ustedes van a perder.

—¿Por qué dices "ustedes" y no "nosotros"? ¿Acaso no eres uno de los nuestros?

—No es eso.

—Entonces, ¿de qué se trata?

—De nada.

—¿De nada? ¿Por qué dices que vamos a perder?

Lincoln se levantó sacudiendo su bolsa del almuerzo sobre el césped para los gorriones. Sin mirar a Durkins dijo:

—Tengo tarea qué hacer. Te veré en el entrenamiento. —Entonces el entrenador Yesutis reuniría a los jugadores para animarlos y para ensalzar el orgullo de la escuela.

Lincoln vagó en dirección a la biblioteca. Los estudiantes estaban saliendo de la cafetería; la banda todavía tocaba con fuerza sus trompetas y trombones. La batería lastimó los oídos de Lincoln y alguien chocó contra su rodilla. Subió los escalones de la biblioteca para quedar fuera del paso. Cuando volteó vio a Mónica sola en la mesa. Miró de nuevo hacia la multitud. El entrenador Yesutis, en un traje mal cortado y un sombrero del Colón con una pluma, marchaba entre los estudiantes. Lincoln pensó que se veía como un idiota. Se dio la vuelta, vio a Mónica de nuevo, y pensó que debía disculparse con ella. Suspirando, cabizbajo, entró en el lugar.

La bibliotecaria levantó la vista, el rostro serio. Lincoln le dirigió una sonrisa forzada y caminó hacia la mesa donde Mónica estaba sentada. Ella lo miró y bajó la vista rápidamente, moviendo el lápiz afanosamente a través de la página.

—Hola —dijo él.

Mónica dio vuelta a una página de su cuaderno.

—Siento lo de ayer. Es raro, pero entraron a robar en casa.

Mónica suspendió su escritura un momento, luego continuó, mordiéndose el labio.

—Sí, yo estaba en casa y un tipo forzó la puerta de entrada. —Lincoln vio una manzana a medio comer escondida entre una pila de libros. La recogió, la arrojó al aire, la mordió y dijo—: Me acabo de comer un sandwich de atún y necesito todo lo que refresque el aliento.

Mónica le quitó la manzana.

—Lincoln, eres egoísta.

Lincoln lo pensó por un momento. Tal vez estuviera en lo cierto. Le quitó la manzana de nuevo y le dio otro mordisco. La bibliotecaria se acercó apresuradamente y dijo con firmeza:

—No se permite comer aquí.

—Pero tengo hambre —abogó Lincoln.

—Coma afuera —dijo ella—. Huele a sandwich de atún.

Mónica y Lincoln se miraron el uno al otro, a punto de reír. Mónica recogió sus libros y su suéter y salieron.

—¿Es verdad lo de tu casa?

—Sí. Pero también hay otras cosas que me molestan. Tony, mi *carnal*, está enojado conmigo.

Mónica se detuvo para ponerse el suéter.

—¿Por qué?

—Es una larga historia sobre un *viejo* en una tienda de segunda mano.

—¿Tienda de segunda mano?

—Sí. Como dije, es una larga historia. No sé cómo explicarla. Es una de esas cosas en las que tienes que estar ahí para saber de lo que hablo. ¿Sabes a qué me refiero?

—Creo que sí —respondió Mónica insegura.

Caminaron en silencio. Cuando llegaron a una banca, se sentaron y vieron dos ardillas trepar a un pino y desaparecer entre las ramas. Lincoln iba a tomar su mano, pero lo pensó mejor. Se alegró cuando sonó la campana: la tentación era muy grande.

—Tengo álgebra —dijo Mónica, poniéndose la mochila al hombro. Tomó dos chicles de su bolso y le dio uno a Lincoln.

—Yo tengo geografía —dijo Lincoln mientras desenvolvía la goma de mascar y se la llevaba a la boca—. ¿Vienes esta noche, no?

—Claro.

Lincoln acompañó a Mónica a su salón de clases y luego tuvo que correr, doliera o no, al suyo. No podía arriesgarse a recibir una tarjeta de retraso.

Después de las clases recogió sus libros y caminó lentamente hacia el gimnasio. James se le emparejó.

—El entrenador no debió haberte hablado así, Linc —le dijo James columpiando sus *Air Jordans* y mordiendo un chocolate—. Sabía que tu rodilla está mal.

Lincoln, una mano en el bolsillo y la otra asiendo la correa de su mochila, sólo movió la cabeza y dijo:

—Vamos a perder.

—No, no es así. Les dimos duro la última vez.

—Eso fue la última vez, *loco*.

—Somos mejor equipo.

—Eso es lo que tú crees.

James no respondió. Entró detrás de Lincoln al gimnasio, donde la mayoría de los jugadores ya estaban en las bancas en espera de las palabras de ánimo. Grady, el centro, discutía con Zimmer, un defensa, por una bolsa de nueces. Buckley, el otro defensa y algunas veces delantero, hacía su tarea de matemáticas y contaba con los dedos. El resto jugueteaba.

El entrenador estaba con el conserje, mirando hacia el techo y señalando uno de los reflectores que estaba apagado. Movió la cabeza en señal de aprobación, rió y se volvió hacia sus jugadores. Palmeando las manos gritó:

—¡Escuchen! ¡Silencio! Grady, deja eso que estás comiendo. Éste es nuestro último entrenamiento.

De inmediato, los jugadores dejaron de juguetear. El entrenador miró su tablilla y recorriendo el índice página abajo, leyó los nombres de los titulares: Grady, Zimmer, Buckley, Mitchell y Kaehler.

—Kaehler —dijo James—. Me gusta mi nombre. ¡"Serpiente" James Kaehler, titular!

Lincoln se sintió dolido, no obstante que ya sabía que no estaba entre los titulares.

James miró hacia Lincoln y susurró:

—Lo siento. Está equivocado.

El entrenador Yesutis llamó a los sustitutos al centro y señaló a los defensas, Doyle y Parish. Luego aspiró una gran bocanada del aire pegajoso del gimnasio y empezó una perorata sobre la humanidad, la tradición y el espíritu escolar.

Lincoln se desentendió, despellejando una ampolla de su pulgar. ❖

Capítulo 12

❖ LINCOLN volvió a casa después del entrenamiento y encontró a Flaco royendo un periódico. Tenía una liga de goma entre los dientes.

—¿Qué estás haciendo? —dijo Lincoln riendo. Se apoyó sobre su rodilla sana y movió la liga hacia atrás y hacia adelante, como hilo dental, hasta que logró sacarla. Tiró la liga llena de babas entre los matorrales y entró a la casa.

Eran las cuatro y cuarto, casi tres horas antes del inicio del juego. Para matar el tiempo, Lincoln hizo algo de tarea, mientras Flaco paseaba de una habitación a otra. "Aunque no voy a jugar me siento nervioso", murmuró Lincoln.

Tomó un baño caliente y cuando salía escuchó un ruido en la cocina: el crujido de un periódico y un golpe contra una silla. Su corazón empezó a latir con fuerza. Descolgó una fotografía enmarcada de la pared, y con la toalla alrededor de la cintura caminó de puntitas por el comedor. "El ladrón ha vuelto", pensó Lincoln. "Le voy a partir la cara, me las pagará".

Pero era su madre guardando alimentos. Lincoln dijo:

—Hola, mamá. —Ella saltó dejando caer un manojo de espinacas y se llevó una mano al corazón.

—¡Ay, Dios! —Se agachó a recoger las espinacas—. Me asustaste.

—Tú me asustaste a mí.

—¿Qué haces con esa fotografía?

Lincoln le dio la vuelta. Era de él y Flaco parados en una piedra, payaseando. Se las tomaron justo después de que se fuera su padre. Para distraerse del rompimiento, él y su madre hacían viajes de fin de semana fuera de la ciudad. La fotografía había sido tomada en una de sus excursiones.

—Pensé que eras el tipo que entró a robar. Te iba a golpear con ella.

Su madre hizo una mueca.

—Vístete. Vas a pescar un catarro.

Comieron lo que había quedado de chile verde. Lincoln bebió de un tirón dos vasos de leche y se comió tres tortillas. No iba a jugar, ¿por qué no comer como un rey? Le contó a su madre lo injusto que era el entrenador Yesutis.

—¡Ay!, cariño, es sólo un entrenador. Ellos son así. —Se levantó y se sirvió una taza de café—. Quiere que su equipo gane, y si tú estás lastimado, tiene que meter a otro jugador.

—No, mamá, es más que eso. —Lincoln no sabía como explicarlo—. No le agrado, es porque soy, o era, del Franklin. Oíste lo que dijo Roy acerca de Yesutis insultando a los mexicanos.

Su madre dio un sorbo.

—Era joven entonces. Ahora es un hombre.

—Hay algo raro en él.

—Hay algo raro en todos nosotros —replicó su madre y le hizo bizcos—. No te preocupes, estaré allí en la noche. —Lincoln rió e hizo bizcos a su vez.

Lincoln recogió los platos y los puso en el fregadero. Lamentaba no poder convencer a su madre. La dejó bebiendo su café mientras repasaba las páginas de su agenda. Fue a su habitación a recoger sus cosas. Guardó el uniforme de basquetbol del Colón en su bolsa deportiva junto con sus zapatos, tres pares de calcetines, un suspensorio, tela adhesiva, una botella de agua, rodilleras y una barrita de dulce. Pero sacó la barra de dulce y se la comió, pensando que no necesitaría energía más tarde. "Después de todo", pensó, "no voy a jugar."

Su madre lo llevó a la escuela.

—Regreso más tarde. Necesito pasar por algo a la farmacia —dijo al dejar a Lincoln. Empezó a retroceder pero frenó, bajó la ventanilla y sacó la cabeza—: Roy va a venir. Búscalo.

Lincoln observó los faros rojos que se hacían cada vez más pequeños hasta desaparecer en la calle.

Era poco antes de las siete y el partido iniciaría a las 7:30. El gimnasio estaba cálido y brillante. La banda se estaba preparando, la tuba sonaba como un ganso gordo. Las bastoneras formaban un círculo, aplaudiendo con guantes blancos, y unos cuantos padres de familia estaban sentados en el lado del Colón. El ala del Franklin se encontraba vacía, excepto por el conserje que estaba sentado solo en la última grada comiéndose un sandwich.

Lincoln se dirigió al vestidor, donde la mayoría de los jugadores ya se habían cambiado de ropa. Notó que estaban nerviosos e inseguros. Discutían y jugueteaban pegándose unos a otros.

—Ey, Linc —lo llamó James, inmovilizado contra los casilleros por

Grady, quien trataba de ponerle un suspensorio en la cabeza. Bukowski le hacía una llave a Mitchell.

Los jugadores se volvieron hacia Lincoln. Bukowski se enderezó y le dijo:

—Según Durkins tú dijiste que perderíamos. ¿Por qué dijiste eso?

—Sólo dije lo que pienso.

Lincoln desató sus zapatos y se sacó los pantalones. Deseó no haber dicho eso pero Durkins se lo encontró en mal momento.

—¿Sí? Bueno, no me gusta como piensas —dijo Bukowski—. Te crees alguien especial.

—No, no es así.

—Tú y tu rodilla herida.

Lincoln contempló a Bukowski. Nunca le había agradado y ahora le agradaba aún menos.

—Cuando quieras algo, bocón, aquí estoy.

Se miraron el uno al otro con los puños crispados y los pechos erguidos. Lincoln no estaba seguro de si podría con Bukowski, quien —había oído decir—, mordía cuando peleaba. Pero tampoco iba a retroceder. Sólo se echaba para atrás cuando se trataba de una pandilla de tres o cuatro. Un tipo solo no era problema. En el peor de los casos podría salir golpeado —un corto a la mandíbula, un cabezazo contra la barbilla, una patada súbita en la ingle. Con una pandilla no había oportunidad.

Se miraron el uno al otro, frente a frente. Finalmente Bukowski cerró de golpe la puerta de su casillero y se alejó. Unos cuantos jugadores lo siguieron.

Lincoln terminó de vestirse mientras James se sentaba junto a él.

—No te preocupes, Linc —al fin dijo James—. Si Bukowski te da problemas, yo estaré contigo. Lo conozco desde primer grado. Es un idiota.

Salieron juntos del vestidor. Pasaron a un lado del entrenador Yesutis, quien platicaba con el señor Kimball. El director palmeó en los hombros a Lincoln y a James y dijo:

—Vayan y acaben con ellos.

A James se le iluminó el rostro y Lincoln forzó una sonrisa.

Había mucho ruido en el gimnasio. Los espectadores, la mayoría muchachos del Colón, golpeaban las gradas con los pies. El baterista se unió al que tocaba la tuba. El sonido rebotaba en las paredes. Las bastoneras saltaban y un hombre con una gorra del Cristóbal Colón vendía refrescos y palomitas de maíz.

Lincoln se unió a los otros en tiros de práctica, moviéndose rápidamente por la cancha. Su sangre se calentó y golpeó la pelota y practicó tiros de salto. Su rodilla le dolía un poco, pero no estaba mal. Riendo para sus adentros, pensó que el señor Burbujas había hecho maravillas por los ligamentos de su rodilla.

Lincoln buscó en las gradas del lado del Colón a su mamá y a Roy. Luego a Mónica. No estaban allí, así que volteó del lado del Franklin. Pudo ver al entrenador Ramos y a los jugadores reunidos a su alrededor. Reconoció algunas de las caras: Louie Estrada, Eddie "Pie Grande" Negrete, Warren Higgins, Dany Salinas y Tony. Tony era reserva, no titular, pero daba buen juego. Era fuerte y sabía cómo usar el codo para magullar una costilla de un golpe certero.

El entrenador Yesutis reunió a su equipo. Lincoln, haciendo lo posible por interesarse, corrió con sus compañeros y chocó las manos de los jugadores que estaban frente a él: Bukowski y Durkins. Sus manos estaban húmedas de sudor.

—Jueguen hombre-a-hombre —dijo el entrenador—. Presionen. Les dimos duro la última vez; vamos a ganarles de nuevo. Cuiden a "Pie Grande". Nos hizo daño en el último juego. —El entrenador levantó la vista hacia el reloj cuando la chicharra sonó. Uno de los réferis tocó su silbato y gritó: "¡Tres minutos!", a ambos entrenadores.

Yesutis asintió con la cabeza. Giró hacia sus jugadores que se compactaron, brazo con brazo, mientras coreaban: "Uno, dos, tres, ¡Vamos!"

Se separaron, y los cinco titulares se quitaron sus sudaderas y se reunieron en el centro de la cancha, donde estrecharon las manos de los titulares del Franklin. La banda dejó de tocar, mientras los grupos recibían indicaciones. Los espectadores se fueron acallando y el entrenador Yesutis se pasó una toalla por la cara.

El primer réferi arrojó la pelota al aire; los del Franklin se la adjudicaron. El juego había comenzado. Se movieron hacia la izquierda, luego hubo un pase y Estrada tiró a una distancia de tres metros encestando limpiamente.

El Colón se desplazó hacia adelante en la cancha, pero perdió la pelota en un cambio de juego. El Franklin anotó otra vez.

A Lincoln no le importaba el juego. Escudriñó las gradas del lado del Franklin y descubrió a Vicky. Se veía bien, como de costumbre, y el corazón de Lincoln saltó como un pez bajo su sudadera del Colón. Pero se hundió cuando vio al tipo sentado a su lado. Se preguntó si aquél sería su nuevo novio. Miró hacia arriba y vio que el marcador estaba 13-7 a favor del Franklin. Volvió la mirada hacia Vicky y tuvo la certeza de que el tipo era su nuevo novio: le estrechaba la mano y comía palomitas de maíz con la mano libre.

Lincoln gruñó y miró hacia el piso. Cuando levantó la vista vio que el marcador indicaba 19-11 a favor del Franklin. Vio a Dany Salinas empujar a Bukowski, una falta sutil que no fue señalada por ninguno de los réferis, y luego vio a Bukowski devolverle el empujón, mandando a Salinas al suelo. Se marcó falta y Bukowski levantó la mano; era su segunda llamada de atención.

"Es tan tonto", murmuró Lincoln para sí mismo. "No puede jugar bajo presión. El menso."

Lincoln escuchó su nombre desde las gradas. Se volvió y vio a su madre.

—*Mi'jo*, ¿cuando vas a jugar? —Roy estaba con ella, con la corbata suelta y la mano en una bolsa de palomitas.

—Te dije que no iba a jugar. Me mandaron a la banca —dijo él.

El entrenador Yesutis volteó a mirar a Lincoln y luego a su madre. No dijo nada, su gesto era de preocupación y tenía el rostro bañado en sudor. Su equipo estaba siendo vencido abrumadoramente.

Lincoln escudriñó las gradas. "¿Dónde está Mónica?", se preguntó. Pretendiendo estirarse, se quedó de pie para poder ver mejor. La descubrió cerca de la entrada, en una de las últimas gradas y la saludó con la mano, enviándole una amplia sonrisa. Ella le devolvió el saludo. Estaba con su padre, o con alguien que parecía serlo. El hombre se veía ceñudo y serio; una versión mexicana del señor Schulman: todo negocios.

El Franklin iba ganando 23-16 en el medio tiempo. En tanto los jugadores del Colón trotaban hacia el vestidor la banda empezó con la tuba y el trombón, y el hombre de los refrescos y las palomitas gritaba: "¡Recién hechas! ¡Tómelos bien fríos!"

El entrenador Yesutis les gritó a sus jugadores, enturbiando el ambiente con sus imprecaciones. Lincoln se figuraba que aquel juego era de ellos, no suyo.

Ya que no iba a jugar trotó rápidamente hacia la banca del Franklin y estrechó la mano del señor Ramos, quien se alegró de verlo. Tony murmuró: "¿Qué hay?", sin mucho entusiasmo. "Es un comienzo", pensó Lincoln. Tony aún estaba lastimado, pero lo superaría. Lincoln regresó a su asiento.

El entrenador Yesutis lo miró.

—No hables con ellos. Son del otro equipo.

Lincoln lo ignoró. Se sentó en la banca y tomó una toalla del gimnasio. Se sentía bien. Se alegraba de que el Franklin fuera ganando, de que Mónica estuviera en las gradas, de que su madre y Roy estuvieran allí. Se alegraba incluso por Vicky. ¿Por qué no habría de tener un nuevo novio? Después de todo, ¿no estaba él tratando de pegar con Mónica?

El segundo tiempo empezó con una anotación del Franklin: un tiro de Tony desde unos cuatro metros de distancia. Lincoln le aplaudió sin pensar y el entrenador lo miró con furia. Lincoln bajó la mirada reprimiendo una sonrisa, sintiéndose vacilante porque ahora comprendía que era un muchacho del Franklin bajo un uniforme del Colón. Él era moreno, no blanco; pobre, no rico; de la ciudad y no de los suburbios. No podía remediar vivir donde vivía ahora.

Mientras se sentaba fuera de la cancha se dio cuenta de que no podía negar quién era.

Contempló el juego, sobándose la rodilla lastimada, y en el último cuarto, cuando el entrenador Yesutis dijo: "Mendoza, vas a entrar", Lincoln se encogió de hombros y dijo: "¿Por qué no?" Sudaría un poco, haría unas pocas canastas, le daría lata a "Pie Grande", trataría de restablecer la amistad con Tony, se ducharía y, después del juego, se iría con James a comer golosinas. No iba a tratar de ganarle al Franklin, pero tampoco iba a dejar a los del Colón pasar por perdedores. Lincoln iba a jugar para sí mismo y no en defensa del honor de la escuela.

Lincoln se apropió de la pelota y la botó lentamente, avanzando por la cancha; la pasó a James quien hizo una finta hacia la izquierda, cortó a la derecha y se la devolvió. Lincoln encestó y levantó el puño cuando los espectadores del Colón golpearon las gradas con los pies. Su madre y Roy se levantaron, aplaudiendo.

Un suplente de Dany Salinas, del Franklin, se desplazó por la cancha maniobrando torpemente con la pelota. Lincoln se la arrebató y se fue botándola hasta hacer un tiro de salto fácil.

Lincoln estaba entrando en el calor del juego, rodilla lastimada o no. Jugó apretadamente contra Louie Estrada, quien ya estaba cansado porque había jugado la mayor parte del partido, y le bloqueó su tiro. Lincoln pasó la pelota a James, y éste a Durkins, quien tiró y falló desde la zona exterior del área de tiro libre. Lincoln recuperó la pelota y encestó.

Corrió por la cancha con Tony a su lado y le preguntó:

—¿Estás enojado? —Tony no le respondió, pero Lincoln pensó que no se veía enojado.

El Franklin anotó e iba ganado 47-39 cuando sólo quedaban tres minutos. Lincoln se dio cuenta de que el Colón no podría recuperarse, pero no le importó. Quería que el juego terminara.

Yesutis perdió los estribos, comenzó a insultar a sus jugadores y a reclamar a los réferis por faltas no marcadas. Arrojó al piso su tablilla de anotaciones y los partidarios del Franklin lo abuchearon. El señor Kimball trató de calmarlo y el de la tuba se impuso sobre las imprecaciones del entrenador, tocando tan fuerte como para romper los tímpanos.

Lincoln hizo un esfuerzo y anotó tres tiros rápidos. Los partidarios del Colón se pusieron como locos, regando palomitas y aplastando vasos de cartón. Lincoln se adelantó por la cancha botando la pelota, el sudor le corría por la cara, mientras maniobraba entre los jugadores y llegaba intacto al tablero.

El juego terminó 52-46 en el momento en que Lincoln lanzaba la pelota desde la media cancha y fallaba. Habían acortado la distancia, pero aun así habían perdido el campeonato de liga. Exhausto, apretándose el costado, fue a estrechar la mano de los jugadores del Franklin: Louie Estrada y Eddie *Pie Grande*, y el entrenador Ramos, quien palmeó su espalda y le dijo:

—Nos asustaste.

Lincoln sonrió y trotó hacia Tony que se alejaba.

—Lo siento. Estaba equivocado.

—Hablaremos después —dijo Tony pasándose una toalla por la cara—. Jugaste bien, como siempre.

Sonriendo, Lincoln regresó a la banca y se puso sus pants. Estrechó la mano de James e incluso la de Bukowski, quien le dijo:

—Buen juego.

El señor Kimball le preguntó al entrenador Yesutis por qué no había metido a Lincoln antes.

—¡Yo soy el entrenador! —gritó Yesutis—. Y él tiene una actitud negativa.

Lincoln lo ignoró. Estaba demasiado contento como para molestarse con sus acusaciones.

—Entrenador... por ahora —señaló el director mientras se alejaba.

El entrenador Yesutis miró a Lincoln, quien hacía señas con la mano a su mamá y a Roy. Le espetó:

—¡Mendoza, quiero hablar con usted! —Avanzando por encima de la banca y entre los jugadores, agarró con fuerza a Lincoln por el brazo. Lincoln lo empujó y, cuando el entrenador trató de agarrarlo otra vez, Roy llegó abajo y vociferó:

—Yesutis, Frankie Pineda todavía lo anda buscando.

El entrenador se volvió hacia Roy:

—¿Lo conozco?

—Franklin, 1970. Usted era de la reserva. ¿No lo recuerda? —Roy sonrió mientras se interponía entre el entrenador y Lincoln—. No se meta con el muchacho.

"Órale", dijo Lincoln para sus adentros. Le hubiera gustado ver a Roy y al entrenador ventilar las cosas enfrente de toda la escuela, pero el entrenador se alejó. Roy regresó junto a la madre de Lincoln. Le dijeron que se apresurara y se duchara y así podrían llevarlo a cenar.

Lincoln saludó con la mano a Mónica, quien devolvió el saludo, luego cojeó hacia el vestidor, donde se duchó y mimó a su rodilla, enjabonándola con champú que pidió prestado a "Serpiente" James. ❖

Capítulo 13

❖ LINCOLN despertó cuando los primeros rayos de sol cruzaron la pared de su dormitorio; se preparó un tazón de cereal y leyó el periódico: los *Warriors* habían vencido a los *Sacramento Kings*, el peor equipo de la Liga Nacional de Basquetbol. "Aun así era una victoria", pensó Lincoln mientras se llevaba a la boca un puñado de cereal.

Miró el reloj: 7:20. En quince minutos llamaría a Tony; en veinte a Mónica. Se sintió bien. La noche anterior había anotado en ocho ocasiones y había hecho las paces con su amigo Tony y tal vez, sólo tal vez, había ganado una nueva novia.

Afuera, Lincoln observó a un colibrí sumergirse y revolotear en el alimentador. Lo vio beber y desaparecer tan rápido como había llegado. Atendió de nuevo al periódico. Los *Warriors* aún estaban rezagados, pero había esperanza. La temporada no había llegado siquiera a la mitad.

Flaco gimió en la puerta delantera. Lincoln se levantó y se asomó por la ventana. Flaco tenía su manta del ejército entre los dientes. Lincoln rió, abrió la puerta y dejó entrar a Flaco, sin la manta.

—¿Tienes hambre? —preguntó Lincoln mientras servía a Flaco un tazón de cereal. Flaco lamió el cereal, salpicando leche en el suelo.

Lincoln escuchó a su madre moverse en su habitación, así que, raudo, levantó el tazón de Flaco. A ella no le gustaba que el perro comiera cereal, y menos en sus tazones.

La madre entró a la cocina, ajustándose el cinturón de la bata. Su cabello desarreglado le caía hacia un lado y sus ojos estaban hinchados por el sueño.

—El agua caliente está caliente —dijo Lincoln.

—¿El agua caliente está caliente? —lo imitó su madre juguetonamente—. ¿Qué lógica es ésa? —abrió la alacena y sacó el café en grano y el molinillo—. ¿Tienes hambre?

—No, tomé algo de cereal —luego añadió—. Me cayó pesada la pizza.

Lincoln, su madre y Roy se fueron con los jugadores del Franklin. Después del altercado con el entrenador Yesutis, Lincoln se había acercado al entrenador Ramos, quien le pidió que se uniera al equipo del Franklin para comer pizza. Lincoln estaba contento. Les gritó a su madre y a Roy que se acercaran y el entrenador Ramos los invitó también.

Lincoln se sintió orgulloso cuando Roy dijo que podían ordenar tres pizzas familiares y que el se haría cargo de la cuenta. Incluso se sintió todavía más orgulloso cuando Roy habló de los años en que él mismo había jugado para el Franklin. El nombre del entrenador Yesutis se mencionó una vez y fue suficiente —Roy contó la anécdota de Frankie Pineda golpeando a Yesutis en un juego de campeonato en 1970. Todos en la mesa rieron y aplaudieron.

"Pie Grande" le preguntó a Lincoln si le gustaba su nueva escuela y

Lincoln dijo que estaba bien. Dany Salinas le preguntó si se había liado a golpes. Lincoln dijo que la vida en el Colón era pan comido a diferencia del Franklin, donde había peleas todos los días.

Tony estaba callado al principio. Daba pequeños tragos a su refresco y masticaba despacio la misma rebanada de pizza, mientras otros iban ya en la tercera o cuarta rebanada. Pero después de un rato se unió a la conversación y empezó a mirar más y más en dirección de Lincoln. Hacia el fin de la velada Tony le dijo que había regresado a la tienda de cosas usadas y comprado el televisor.

—Fueron sólo quince dólares —dijo Tony—. E incluso sirve todavía. Va a ser tu regalo de Navidad, Linc.

Eso fue la noche anterior. Ahora era un nuevo día con los mismos pantalones y la misma camiseta, y la sensación era agradable. Lincoln miró el reloj: 7:40. Hora de llamar a Tony. Tenía una deuda que pagar —una apuesta de cuatro dólares con Tony de que los *Kings* vencerían a los *Warriors*. Pero resultó al contrario y cuando él hubiera pagado su deuda las cosas estarían parejas entre ellos. A la tercera llamada le respondió Tony con un susurró somnoliento:

—Es temprano, hombre.

—Ganaron los *Warriors*.

—*¡Órale!* —gritó Tony, mientras los resortes de su cama chirriaban—. Lo recogeré el sábado. Espero que estés en casa, *ese*. Jugaremos un partido de "Veintiuno".

—Aquí estaré —dijo Lincoln y colgó, sonriendo. Aspiró una larga bocanada, la dejó salir y suspiró de nuevo—: Ahora Mónica.

Lincoln marcó su número telefónico; tenía el corazón desbocado. En el preciso momento en que ella empezaba a decir "hola", su madre encendió la secadora de pelo. Era mejor así. Tenía cosas que decir a Mónica que nadie más debía escuchar. ❖

Índice

Tomando partido de Gary Soto, núm. 76 de la colección
A la orilla del viento, se terminó de imprimir en los talleres
de Impresora y Encuadernadora Progreso, S.A. de C.V. (IEPSA),
Calzada San Lorenzo núm. 244; 09830, México, D. F.
durante el mes de octubre de 2002.
Tiraje: 7000 ejemplares.

Una vida de película
de José Antonio del Cañizo
ilustraciones de Damián Ortega

El Jefe del Cielo al fin se decidió a hablar:
—Tomad a cualquier hombre del montón y, ¡sacaos de la manga una vida emocionante y llena de acontecimientos!
Sir Alfred Hitchcock dijo:
—Un caballero inglés siempre acepta un desafío. Me comprometo a transformar la vida del más mediocre y aburrido de los hombres que pueblan la tierra en toda una aventura…
¡UNA VIDA DE PELÍCULA! ¿Queréis participar en la aventura, compañeros? —**añadió dirigiéndose a John Huston y a Luis Buñuel.**

José Antonio del Cañizo vive en Málaga, España. En sus obras combina la corriente realista con el estilo y los recursos de la literatura fantástica: "fantasía comprometida", dice él. Ha obtenido varios premios importantes y sus obras figuran en algunos de los principales catálogos internacionales de literatura infantil y juvenil.

Una vida de película ganó el primer premio del I Concurso literario A la Orilla del Viento.

Cuento negro para una negra noche
de Clayton Bess
ilustraciones de Manuel Ahumada

Este pequeño quiere saber cómo es el mal. Les voy a contar todo acerca del mal. Y también les voy a contar del bien. Es cosa del corazón. Es la gente y lo que la gente hace. Les voy a contar la historia de Maima Kiawú. Llegó en su negra noche, negra como ésta y trajó su mal a nuestra casa. Yo entonces era un niño y las cosas eran diferentes. Kataka era una aldea pequeñita y esta misma casa estaba rodeada de selva, porque el pueblo no había llegado hasta acá a juntarse con nosotros...

Clayton Bess nació en Estados Unidos; vivió en Liberia, en el África Occidental durante tres años; actualmente radica en el sur de California.

La guerra del Covent Garden
de Chris Kelly
ilustraciones de Antonio Helguera

Algo extraño se percibe en el ambiente.
Un olor amargo y siniestro.
Un olor que presagia el cierre del mercado.
Por años las ratas del Jardín
se han alimentado con las sobras del mercado.
Si el mercado cierra para siempre,
la Familia morirá de inanición.
Zim debe de descubrir la verdad.

Chris Kelly es un prestigiado autor inglés. En la actualidad vive en Inglaterra.

Una sarta de mentiras
de Geraldine McCaughrean
ilustraciones de Antonio Helguera

—Mamá, lee esto —dijo Ailsa extendiéndole el libro
abierto; luego comenzó a caminar por la tienda, al ritmo de
los latidos de su corazón. No podía ser. Él existía. Lo había
tocado. Tenía que existir. La vida de otras personas había
cambiado a causa de él. Hizo un esfuerzo para recordar los
diferentes clientes a quienes Era C. había atendido. ¿Dónde
estarían? ¿A dónde se habrían ido? ¿A quién acudir y
pedirle prueba de su existencia?

*Geraldine McCaughrean es una autora inglesa muy reconocida; en
1987 recibió el Premio Whitbread en Novela para niños. En la actualidad
reside en Inglaterra.*